应天武道系列之

孤雨幽声

温八无 著

Editorial Comte Barcelona
巴塞罗那伯爵出版社

First edition
Editing by Qinfeng Zhang
Front cover and illustration by Xiaobo Nie
First printing August 2020
Published by Comte Barcelona
ISBN: 978-84-122086-5-8
Visit https://comtebarcelona.com

书名：孤雨幽声
著者：温八无
版次：2020年8月第1版
封面与插图：聂晓波
编辑：张秦峰
出版发行：巴塞罗那伯爵出版社
ISBN: 978-84-122086-5-8
详情可访问网站：https://comtebarcelona.com

自序：武侠已死　武道将行

　　按照传统武侠小说的起源、兴盛、传播、受众来看，它的本质是一种娱乐化的文字产品。它的发展历程不再赘述了，还珠楼主、金、古、温、梁也都是耳熟能详的人物。着重说一下"侠"这个概念衰落的必然。

　　中国小说最早普及的形式是话本，所谓话本，便是说书人街头说故事的文字底本。古人多不识字，无法自行阅读，只能在街头聚集听人说书。说书不是读诗，文字的文学性不能高，可以让听者听得清楚明白就好。书中人物也不能复杂，最好扁平单调，善人与恶人立场分明，故事情节跌宕起伏，这样便可以吸引到听者，不至于做砸了买卖。

　　因此，话本小说里的人物必然是脸谱化、扁平化、性格单一的角色。旗帜不够鲜明的人物不足以成为当时戏剧化审美的寄托，广大受众乐于听到贫穷但正直有才的书生和大户人家的善良小姐结姻、劫富济贫的的孤胆侠客收拾了恶贯满盈、为虎作伥的封建势力，对人物的性格要求单一鲜明到十分可怕的地步：要么真善美，要么假恶丑。

　　这样的文化不仅仅植根于话本，在中国古代的神话、戏曲中都多有体现。侠义公案小说里，大侠的角色设定基本就是一个虚假的人形标本，他不具有人真实的情感和性格立体面，他在内容中的作用只是尽最大限度地凸显正面的、被褒奖的品德。

　　到了梁羽生和金庸时代，依然承袭了这样的话本遗风，虽然在人物塑造上略有进益，引入了一些立体的、丰富的人物情绪和宿命论调，但仍然未能摆脱人物脸谱化的问题。"武侠"这个词里，偏重刻画的是"侠"，在他们的认知中，侠究竟是什么？如何定位侠的概念？这便要从他们的文字里去寻找答案。

以最著名的金庸武侠举例。在金庸"飞雪连天射白鹿，笑书神侠倚碧鸳"这十四部小说里，除了《鹿鼎记》里一上来交代了韦春花是妓女，韦小宝贪污了五十万两银子，其余十三部里的主要角色都未清楚交代收入来源。然而金庸是热衷为自己的作品设置历史背景的，且喜欢引入真实的历史人物进行戏说。那么，既然有形同真实的社会背景，那么人物便要在社会里有自己的角色。也许在古代有人可以脱离社会而生存，但是在社会里行走的"侠客"不行，他们一旦进入到社会，便要和形形色色的人物、机构、组织发生关联，没有人可以"绝对脱离社会地"而在社会中生存。但是金庸并没有考虑这些，所以《笑傲江湖》里的华山派、《天龙八部》里的逍遥派、《射雕英雄传》里的桃花岛、《侠客行》里的雪山派、《倚天屠龙记》里的明教，都是收入来源不明的社会孤岛。

有人提出金庸小说里的"帮派土地论"，声称这些帮派都是靠土地产业，出租给佃户获得收入的。我在这里并不赞成主动胡乱为金庸的描写空白辩解或填充。没有写就是没有写，说明这在金庸的意识中并不重要。然而，在文学对一个人物的塑造里，生存永远是无法规避的主题，规避了这个主题的人物设定必然是空洞而虚伪的，甚至是扭曲的。当然，角色可以是富家子弟，不愁吃穿；可以是大土地主，有稳定进账；可以劫富济贫，保证花销；也可以是做三天强盗，再做一天大侠。

所以在不知道"侠"的生存来源的时候，"侠"便成了一个不能确定的伪概念。郭靖从蒙古到中原，再到桃花岛，再到华山论剑，没挣过一分钱，他是怎么活下来的？有人说不要纠结这些，这是艺术处理，我不同意，因为这很不艺术，一个人的生存来源被忽视，被遗弃，那我对这个人就要产生怀疑，对他代表的"侠"这个理念就要产生怀疑，因为他很可能在我们不知道的"读者盲点"区域里做了很多反侠客反人性反道德的事情。

金庸塑造了很多这样的值得怀疑的侠客，故而他的很多小说都站不住脚。他极力地想将一些丰富细腻的情绪和感受融入到他的角色里去，但他终归无法破除"侠"这个光环给他带来的束缚，他书中的正派反派立场是十分鲜明的，大多数的角色设置皆为纯善或者纯恶。侠客的作为皆因为善与恶的冲突，正与反的较量。这样的小说确实娱乐了大量的读者，但回过头来想想，武侠小说正因为这样的扁平化处理从而显得幼稚、粗陋。

并不止他一人有这样的问题，后来的古龙、温瑞安的小说里也都有这样的情况存在。江湖被神化，在江湖里行走的人全部都像是脱离社会的异次元来客。这种根基下，武侠人物永远都只是表面化、现象化的烟幕，温瑞安后期力图实现的"武侠文学化"也基本走错了路线。不除掉"侠"这种图腾，如何可以让文学迈进一个浅薄的神话世界。"侠"这么多年来在受众的印象中已经不仅仅代表了一种身份，更多被解读为一种超人化、奇异化、为所欲为并毫无受制体系的虚伪存在。"侠"成为了这个体系中的神。

所以，武侠小说的衰落是必然的。主角的升级情结被修真小说继承并超越，角色武功的奇技淫巧与修真小说里眼花缭乱的功法相比也相形见绌。这么多年来的武侠小说，究竟留下了些什么深刻的东西呢？

"武侠"一词，被金庸们偏重了"侠"字，而忽视了"武"。现如今"武侠"已经死了，不把"侠"字扔掉，"武"也难以幸免。武道小说，救活了"武"，并偏重于"道"。那么，什么是"道"？

人类从起源开始，就一直在以自己的直观和理性认知世界。人类发明了符号、语言、文字、技术、逻辑等人类文明，以人类可以穷尽的手段去开发并试图理解宇宙和自身。这一切都是积极的，但都是人类主观意识的反射。即人类认为自己在解密自然的密码，然而真相是人类只是将自己的主观认知套在自然的现象上并自圆其说。

在古老的时代便有人提出，在所有人类理解之上存在着这个宇宙真正的规则。规则与自然之间是没有缝隙的，自然刚刚好是规则呈现的样子，没有任何抵触、不合、强制。这种纯然无碍的规则，便是道。道蕴自然，无需思考，道超越所有思辩与推导，只是境界上的抵达。

"武"当然也可以是一种道。摆脱了"侠"的图腾，"武"才真正显现出自己的价值和魅力。所以武道小说里的角色只是武者，武者和寻常人没有什么不同，一样需要衣食住行、生老病死。武者是人，只是刚好浸淫于武道。人有七情六欲，表象与内里。人没有什么绝对的善恶，只有立场的不同。人不是道德的化身，人只是私欲与公德权衡的产物。

以武入道，才是一个身为人的武者最应该做的事情。

所以我写《死水微澜》，写《镜墨燕鸿荒》，便是为了力行我的道。

目录

第一章 古楼青灯

漠夜。空山。

山中有一座小楼，楼中有一间暗室。

暗室里一灯如豆，灯边桌旁围坐着二人，一人高冠古衣，面容肃穆，须发皆白。另一人岁数与他相仿，只是双目俱盲，两手拄在一支拐杖的杖首，头部微微转动，好似在倾听着灯芯烧成灰烬的声音。

有垂髫小童送上茶水，侍立在旁。高冠老人啜了一口茶，突然发问："明日是何日？"

盲眼老人似未听见，仍然专心致志地微微转动耳轮，仿佛这世间除了他耳边的那一盏青灯，便不存在其它物事了。

暗室中响起了垂髫童子的声音。

"回主人的话，明日就是清明了。"

高冠老人放下茶碗，若有所思地点了点头，喃喃自语道："原来明日又是清明了。"

盲眼老者捧起自己的茶碗喝茶。高冠老者看了他一眼，说道："我有时候真怀疑你是不是真的瞎了。"

盲眼老者依然一言不发，只是放下手中的茶碗，回复到之前的坐姿一动不动。

垂髫童子笑道："盲老盲了这么些年了，主人岂能不知？"

高冠老者也笑了，说道："我知道是知道，只是他每次拿起什么东西都像是亲眼所见，对物品的摆放位置也是从不出错，比一个双目完好之人还要精准，不得不令我们这些明眼人汗颜啊。"

垂髫童子应道："盲老听声辨位之术已入化境，万物一旦发出声音，双耳便自形估测出距离并在心中形成图画。我等双目虽明，但一来世事繁杂，容易一叶障目；二来万紫千红，眼贪不净，反而顾此失彼，哪里及得上盲老眼无旁骛，只守得两耳灵山不染。"

他侃侃而谈，哪里有半点童子的稚嫩气。

高冠老者正待回应，忽然神色一凛，盲眼老者亦是双耳微颤，蓦然开口道："有人来了。"

垂髫童子双肩一耸，沉声问道："还有多远？"

盲眼老者道："西北方向七十步外。"

高冠老者端起茶来饮了一口，缓缓说道："远来是客，主人家还是要迎一迎的。"

童子躬身，只见灯火一闪，暗室里竟已没有了童子的身形。盲眼老者左耳微侧，大约五个弹指的工夫，他开口轻声说道："接上了。来者身法轻盈，似是女子。"又过了五个弹指的工夫，他又说道："这女子使剑，剑术精妙，鬼儿一时间取之不下。"

高冠老者沉吟片刻，忽撅口长啸，片刻后暗室内灯火又一闪，只见童子垂手立在高冠老者身旁，好像根本就没有离开过一般。

高冠老者看了他一眼，正色道："我呼唤你罢手返回，你是否心有不甘？"

童子身体一紧，应道："回主人的话，那女子剑法虽好，却已逐渐不支，我若再强攻片刻想来可以将她当场击溃。"

高冠老者说道："这些年你在我身边收敛了许多，可一遇争斗还是如此不能自已。难道你已经忘记当年之事了么？"

童子身躯微颤，躬身说道："不敢忘！请主人责罚！"

高冠老者挥手让他肃立在旁，对着暗室门外朗声说道："所来何人？所为何事？"

小楼外一个曼妙的女声响起："家师莫去玉，特遣晚辈来此觐见前辈。家师让晚辈带话，问前辈是否还记得十五年前之约？"

高冠老者笑道："自然记得。只是那时只是随口一说，未曾想到莫去玉竟然如此当真，看来这十五年来她确实是培养出来一个好徒弟，只可惜我一直以来都没有收徒，这约定自然是无法履行了。"

楼外女声缓缓说道："家师吩咐了，说如果前辈没有徒弟，那么亲传的子嗣也是一样。晚辈来之前已经听说，前辈有一独子，武功极高，在古徽州一带从无敌手，江南行省里也找不出几个人能与他相提并论。家师当年败于前辈之手，自忖此生都难以取胜，但家师心高气傲，虽为女儿身但却从来瞧不起妄自尊大的男人。她自觉本门剑术精妙无匹，并不在前辈武学之下，自己落败只是受自身条件约束，假以时日得以寻到一个绝佳的传人，定能将本门剑术光耀武林，击败前辈的传人也不在话下。"

此女的声音虽然轻柔，可言语间之豪情却不让须眉，不禁令高冠老者动容。

"所以，"高冠老者抚髯问道，"莫去玉寻到的绝世传人就是姑娘你了么？"

女子却不直接回答他的问题，转而问道："敢问前辈的独子可愿与晚辈一战吗？"

高冠老者沉吟不语。身边站立着的垂髻童子却冷笑说道："想挑战我家少爷，先过了我这关再说吧。"

女子笑道："方才你见我左支右拙，是不是觉得再猛攻片刻，便能将我当场击溃？"

童子笑道："那是自然，方才你败相已现，不出二十招就要弃剑认输。"

女子笑道："纵然你武功高绝，可见识上终归仍如童子一般。我门剑术精微，往往诱敌深入后反败为胜，以弱胜强。你武功走刚猛一途，与你硬拼并无好处，故我假装不支，套你的至刚至阳之力而入我剑毂，待你刚猛到极致之时我便可剑走偏锋突施伏击，伤你四肢而不袭要害，你久攻不下心浮气躁，加上伤口血流不止，五十招之后自会渐渐乏力，届时便可不攻自破了。"

童子听得心惊肉跳，厉声喝道："武学之道，只在手底下见真章，动动嘴就能赢的话，那棚子里说书的都是绝顶高手了，你以为我会听你信口开河么？"

女子笑道："正所谓当局者迷，旁观者清。前辈在关键时刻呼唤你罢手撤退，你以为事出无因么？"

垂髫童子还待争辩，高冠老者此时轻轻咳嗽了一声，他立刻躬身后退，不再言语。高冠老者朗声说道："你带话回去给莫去玉，就说犬子早已离开烟墩小筑，一人行走江湖去了，我亦多年未见过他。再者，犬子虽有些武学天赋，但一身武艺并非是我传授，也算不得是我的传人。十五年前之约确实无法兑现，姑娘还是请回吧。"

楼外女子沉默了一会儿，复道："晚辈不敢在此叨扰前辈，家师之命业已完成，晚辈自当告退。若在江湖上巧遇令郎，晚辈也当伸剑一试，还望前辈莫怪。"

盲眼老者忽然开口说道："你若能遇到他，请帮老儿带一句话，就说他盲叔叔想他了，请他回来见一见。"

女子在楼外沉吟了一会儿，说道："晚辈告辞。"

一盏茶后，高冠老者转头看着盲眼老者，问道："他们能遇到么？"

"十有八九。"盲眼老者说道。

高冠老者唏嘘一声，问道："小雨出去有几年了？"

垂髫童子应道："回主人的话，少爷离开烟墩足足六年零三个月了。"

高冠老者点点头，对垂髫童子说道："你武功并不弱于她，只是正如她所说，她已在剑招间布下了重重陷阱，你刚猛有余，回圜不足，再战下去，虽然以你金刚鬼童之身未必便败，但也绝对讨不了什么便宜。"

垂髫童子头垂得更低，一言不发。

盲眼老者突然岔开话题，悠悠说道："小雨也该回来看看了。他当初种下的木槿花都开了，院子里的那几株夹竹桃这几年也开了好几季，还有就是你的身体……"

高冠老者截住他的话，说道："想回来自会回来，不想回来怎么也不会回来。"

盲眼老者说道："当年你那么罚他，确实是重了一些。"

高冠老者长叹一声，屈指一弹，灯火应指而灭。暗室里只听见衣袂风声，转眼间已然空无一人。

"我可告诉你，跟着宗主好好干，每天都能有饱饭吃。"一个黑脸汉子蹲在一堵高墙下面，对着另一个面黄肌瘦的年轻人说着话。

"兵荒马乱的，能吃饱饭就很难得了。这几年一直在打仗，哪个门派都不好过。以前的营生都干不下去了，这江湖人也得吃饭啊。我可告诉你，我待过的门派可不少，像什么醉翁剑派，巢湖帮，池州拳盟，我可都历练过。现在呢，全都过不下去了。老百姓穷得连饭都吃不上，官府呢，又改朝换代，大元朝的衙门被大明军赶到了黄河以北，富商们都韬光养晦，择机而动，现在最好做的生意是刀枪剑戟的兵器生意。天下不太平，帮派没有稳定的产业，谁都没饭吃。所以我跟你说，咱们这个云游画宗算是了不起啦。"

黑脸汉子啃着一个窝窝头，跟黄脸年轻人絮叨着自己的粗浅道理。面黄肌瘦的年轻人满脸服气的神色，频频点头，回道："可不是嘛！我家里死得只剩我一个了，要不是那天被三哥从街上救回来，恐怕也是饿死在路边的命。不过话说回来，黑六哥，咱们云游画宗是靠什么吃饭的啊？"

黑六哥把窝窝头三两下塞进嘴里，拍拍手说道："这还不明白么？咱们宗叫什么？云游画宗！画宗！那可不得靠画挣钱么？不然叫什么画宗呢？"

黄脸年轻人连连点头，恍然大悟道："这下明白了！这下明白了！原来是靠卖画挣钱！可是黑六哥，咱们宗的画是哪来的呀？"

黑六哥白了他一眼，说道："你这不废话吗？画自然是宗主画出来的，难道还是我画的啊？宗主若是不会画画，那还叫什么画宗啊？啊？！我可告诉你，你别看我们宗门只有六个人，噢，不对，现在加上你有七个人了。我可告诉你，你别看我们宗只有七个人，可人人都是有一手绝活，云游画宗不收无用之人，三哥那天若不是看你在街上与猫狗互语，可通彼意，他也不至于在这世道下再多收一张吃饭的嘴。"

黄脸青年一脸的崇敬之意，说道："三哥真是慧眼识人！三哥圣明！这街上那么多逃难的人，他怎么就一眼发现我了。三哥圣明！"

黑六哥又白了他一眼，说道："大惊小怪，真没见过世面。三哥是个人物，可和二哥比还差了些，跟宗主就更没办法比了。宗主才真的是有通天彻地之能，我黑老六平生没服过谁，二哥三哥虽然厉害，可我还觉得自己可以比一比，可宗主我是比不上，一百个我也比不上，我黑老六只服宗主。"

黄脸青年一副仰慕的神色，说道："黑六哥您给我说说，宗主究竟怎么个厉害法？"

黑六哥嘿嘿一笑，说道："你别着急，日后你自会见到宗主。今日宗主派咱俩来这儿打探消息，咱俩可得把这差事办好了，要是办砸了，别说宗主，三哥都不会饶了你。"

黄脸青年连连称是。天色已不早，二人在街上啃完了窝头，又串了好几条巷子，向住在附近的百姓打听到了不少消息，趁着日头还没完全落下，二人搭上一辆拉死牲口的货车来到城外，走了不到三里地，进了一座看上去已经荒废了的道观。

道观大堂里供着文殊广法天尊的像，由于年久失修，颜色早已斑驳。木像之下坐着一个看似沉静的道士，头上挽着一个松松的发髻，正在读着手里捧着的一卷残破的《冲虚至德真经解》。脚边一个木碗，盛着半碗从屋顶上漏下来的雨水。黑六和黄七来到他身边也席地坐下，却并没有开口打断他读经书。

过了半晌，道士放下手中的残卷，喝了口碗里的雨水，用袖子擦了擦嘴角，对黑六和黄七柔声说道："二位贤弟辛苦了，可打探到了什么消息么？"

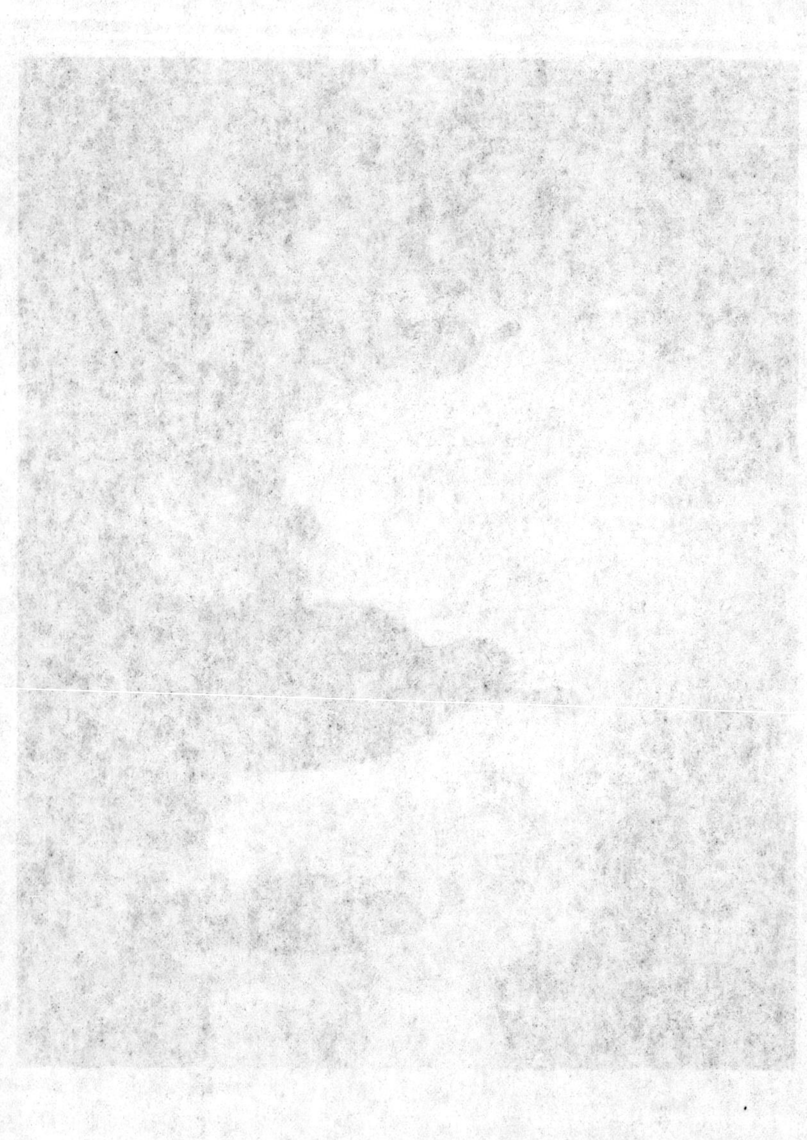

黑六毕恭毕敬地应道："回道四哥，我和黄七走遍了南陵县城，搜集了数十位南陵县百姓的口证，和宗主所想分毫不差，应当就是那么一回事了。"

道四微微颔首道："好。就辛苦六弟和七弟把收集来的口实整理成文，过几日见了宗主也好有个纸面的禀报。"

黑六和黄七面面相觑，却谁都不敢率先出声。道四见二人面有难色，不禁奇道："二位贤弟可是有什么难言之隐么？"

黑六和黄七对望了一眼，红着脸默不作声。道四一转念，忽尔哑然失笑道："罪过，罪过。是我考虑不周，想当然地以为二位贤弟一定识字，真是鲁莽了，二位贤弟还请莫怪。"

黑六和黄七脸更红了，只是傻呵呵地相视而笑。

道四大袖一挥，展颜笑道："那就请二位把天尊像后的笔墨纸砚拿出来，由二位口述，我来写下便是。"

黑六和黄七连忙起身绕到天尊像的背后去取笔墨纸砚。黄七小声在黑六耳边说道："原来道四哥这么好说话的吗？我还以为都像黑六哥这样爱摆大哥的架子呢。"

黑六抬手一记势大力沉的指扣砸在黄七的脑门上，黄七疼得差点没把砚台给丢了，却也不敢声张。黑六咬牙切齿地在黄七耳边低声说道："你懂个屁！我可告诉你，道四哥厉害的样子你还没见过呢！可不敢乱言语！"

黑六见黄七睁大了眼睛，满脸困惑不解的神情，于是又凑到他耳朵边上，用蚊子一样的声音耳语道："道四哥可是我云游画宗的杀神，曾经奉了宗主的命令，一个人灭了一个帮派，杀了四十几个人呢！"

黄七吃了一惊，嘴角发颤，呆呆地看着黑六说不出话来。黑六见到黄七这副受惊吓的模样，不禁有些得意，示意他赶紧把笔墨纸砚拿到前面交给道四去。黄七战战兢兢、如履薄冰般地把文房四宝摆在道四身前，却见道四左手捧着残卷，右手掐了一个道诀，双眼似睁似闭，不知其意念已经神游何处去了。

二人不敢打扰他冥思，于是走出道观门外闲逛，看见观外还有数间房舍，虽然落满了灰尘和鸟粪，但梁架墙壁仍然完好，房舍里甚至还留着炕铺。想来是这观里的道士们当年便居住在此。黄七数着房舍的数目，口中自语道："一、二、三、四、五、六、七。六哥，这儿正好有七间屋子。"

黑六白了他一眼，说道："怎么？难道你还想住在这儿不成？"

黄七回道："六哥，这儿环境清幽，无车马喧闹，而且房舍保存完好，西首还有一个道士们当年做饭的厨房。脏是脏了点，可打扫打扫、弄干净了照样可以住人。咱们再把观中的屋顶用新瓦和茅草修补好了，请出天尊像，那大殿就可以作为我宗的宗门大堂，咱们宗以后也是有府邸的宗门了。"

黑六听了眼珠子一转，不自觉地点了点头，说道："你小子说的倒是真有些道理。不过咱们宗成立这六年来一直是云游四海，宗主如闲云野鹤，也许他根本就不想有这么个驻地。这事儿不是咱们俩能决定的，待二哥三哥回来了，咱们再向他们提议吧。"

黄七笑逐颜开，像是已经搬进观里住了一样开心。黑六见他如此，没好气地呵斥道："瞧你那点儿出息！乐个什么劲儿啊？没住过屋子啊！"

黄七应道："六哥，我是贫苦人家出身，山里住茅草屋的，一家五口人，挤在巴掌大点儿的茅屋里。爹娘睡在短炕上，我和弟弟妹妹只能睡在地上，哪里住过这么好的瓦房呢。"

黑六叹了口气，摸了摸黄七的脑袋，说道："看你这面黄肌瘦的痨病鬼模样，就知道你也没过过什么好日子。三哥把你领回来的时候我都担心你过不了几天就得咯血而死，没想到这么些时日过来了你还能活着，也是不易。"

黄七笑道："六哥是个好心人，我明白。虽然嘴上不饶人，可六哥关心着我呢，我明白，嘿嘿。"

黑六瞪了他一眼，骂道："我他妈怎么这么不爱理你！"

二人正在说着闲话，忽然听见草丛里有脚步声传来。黑六和黄七只见一行十数人走到了道观门外，个个紧身短打装扮，一看便是会武的练家子。为首一人看见了他俩，转头询问身边的手下："可是这两个人？"

一个一身黑衣的随从走上前来，应道："没错，就是他们。"

"拿下！"为首之人大喝一声。

十余名武者迅速将二人包围起来，黑六和黄七吓得不敢动弹。二人相偎着站在原地，黑六强作镇定，提声喝道："你们是什么人？为何要为难我们？"

为首之人冷笑一声，缓缓说道："这就要问你二人为何要在南陵县城里到处打探我们的事情了。"

黑六吃了一惊，说道："你们……你们是青河帮的人？"

为首之人不再言语，只是做了个手势，示意武者们下手擒拿。当即便有四人跃出擒住了黑六和黄七，二人在武者的掌下丝毫动弹不得。黑六只来得及转头大喊了一声："道四哥！救命啊！"

话音刚落，众人只觉得眼前有灰色的人影一闪，十几个武者的包围圈中居然又多了一个人。刚才擒住黑六和黄七的四名武者觉得手中一空，牢牢擒拿住的两人就此脱出了掌控。一个一身破旧道袍的道士站在包围圈中，黑六和黄七分别站在他身体两侧，揉着自己的肩膀关节，嗷嗷喊疼。

为首之人惊觉来者武功极高，但心想自己这边人数众多，也未必就取之不下，于是大喝一声："三人全部拿下！"

道四对黑六和黄七说道："二位贤弟原地蹲下身子，莫要移动。"黑六与黄七急忙抱着头蹲了下去。二人只看见道四的双脚一会儿在他们二人身边，一会儿又漂移不定，身边围着的十几个劲装武者的脚却很快就全部不见了。少顷，道四的声音响起："二位贤弟可以站起来了。"

黑六和黄七站起身来，只见十几个劲装武者躺在远处，无声无息，也不知道是死了还是晕了过去。道四的右手扣在领头人的肩胛处，领头人神色慌张，却是完全无法摆脱道四的钳制。

黑六走上前去一记耳光就扇在领头人的脸上，打得那人眼冒金星。黑六怒喝道："你刚才不是很嚣张么？嗯？不是还要拿下我们么？嗯？怎么不叫唤了？"

那人气得面红耳赤，奈何道四一只铁掌将他扣得不能移动分毫。他咬牙切齿地说道："殴打一个不能还手的人，算什么英雄？"

黑六反手又是一个大耳括子，打得那人差点没咬到了自己的舌头。黑六喝道："我不算英雄，你算英雄？带了十几个武者来欺负两个不会武的人，你真是个大英雄！来，大英雄，再赏你几个大耳帖子！"

黑六正正反反又抽了那人四记耳光，这才稍稍消了气。道四待他打完了，才把领头人带进观里，沉声问道："你叫什么名字？在青河帮中是什么身份？"

那人红肿着一张脸，乖乖地回答："我叫庞原，是青河帮一个分堂堂主。"

道四接着问到："你们是如何知道我们在打探你们的消息的？"

庞原回道："南陵县到处都有我们的眼线，他们四处向人询问那批粮食发放的细节，早就被我们的眼线盯上了。"

道四点点头，说道："你们小小一个青河帮，居然有胆子吞了大明军分发给南陵县百姓的粮食，也是奇哉怪也。说，你们帮是如何拿到粮食的分发权的？"

庞原悻悻道："那是我们帮主的能耐，不是我等能够了解得到的。我只是奉令行事，其它的事情，帮主也不会告诉我们。"

道四想想也是，便没有再问下去。此时黑六和黄七正好进来，黑六兴冲冲地对道四说道："道四哥真是好本事！那十几个人到现在都还没醒呢！抽他们耳光都没反应！"

道四笑道："被我打晕过去的人，没个一炷香工夫是醒不过来的。"

黄七突然说道："道四哥，黄七有个想法，不知道当说不当说。"

道四说道："但说无妨，都是自己人，还怕什么。"

黄七说道："是。我想等这十几个人醒来之后，暂时别放他们走，让他们把这道观和观后的房舍都打扫干净，屋顶也修缮完毕了之后，再做打算。道观虽小，可打扫起来也不容易，这十几个人力正好能派上用场。以后这里也可以作为我宗的一处驻地，即便宗主不常来此，日后若路过此处，也可以作为一个临时居所。道四哥您看如何？"

道四点了点头，赞道："有道理！三哥前些日子还说要找个地方作为我宗的宗门总舵，我看这里就挺不错的，七弟你很有眼光嘛。好，待那十几个人醒来后，就让他们修缮屋顶，打扫房舍，等三哥回来后一看，没准儿就看上此处了。"

庞原在一边听后吃了一惊，忙道："我们可还是要回帮里去复命的啊！"

道四说道："那就只能委屈你们在这里干完活儿再走了。"

庞原还欲争辩，却看见黑六在自己对面摩拳擦掌，一副凶神恶煞的样子，连忙把要说的话吞进肚子里，板着脸坐在一旁生闷气。

道四待那十几个武者醒来后，向他们吩咐了一番，便着黑六和黄七监办此事，自己扣着庞原坐在大殿里继续读经。那十几个青河帮的武者见堂主被扣，毫无办法，也只得忍气吞声地照着黑六和黄七的安排打扫起房舍和道观来。好在众人都是习武之人，手脚利落，上高下低也不在话下，眼见日头还未完全落下，几间房舍和大殿里已经出落得格外整洁干净。黑六带着四个人，把院子里的老井也修整了一番，舀去浮在水面上的枯枝落叶以及鸟粪，没想到打上来的干净井水居然格外的清甜。

天色渐黑，还剩下大殿里的屋顶没有修补，以及文殊广法天尊像没有移除出去。道四命众人和衣睡在大殿里，自己掐着道诀盘坐在大殿中央闭目调息。黑六和黄七本想换班监视着青河帮的人，岂料夜深之后双双呼呼睡去。庞原假装熟睡，待众人全都呼吸绵长之后意欲脱逃，可试了三次，每次在他迈出殿门外之前，道四便已经站在他的身前。庞原无奈之下只得作罢，乖乖地在大殿之中睡到了第二天天亮。

黑六睡了一夜好觉，刚刚睁开眼睛，就看见一张脸紧紧地贴在他的眼前，一双眼睛瞪得大大的，吓得黑六大叫一声，忙不迭地滚到一旁，这才看清楚是黄七在瞪着他。黑六气得一脚就踹了过去，嘴里骂道："大清早的找晦气吧你！啊？！死痨病鬼你差点没把我尿吓出来！诈尸啊你！"

黄七机灵地躲过黑六那一脚，皱着眉头说道："六哥，我饿了。"

黑六扑过去就和他扭作一团，嘴里骂骂咧咧地道："饿了找你娘喂奶去！你是要吃了你黑六哥还是怎么的？！不打你还不行了是吧！"

黄七苦着脸说道："昨晚干活太卖力气，今天早上特别的饿。六哥，买点吃的去吧。"

黑六正要掐他脖子，猛抬眼看见黄七身后十几个青河帮的人也醒了，也是一张苦脸看着他。黑六骂道："看什么看！没你们吃的！昨儿还想拿了我们呢，今天别想着我给你们买吃的！饿一天死不了！醒了都起来干活去！"

道四此时睁开眼睛，从盘坐的位置站起身来，轻声说道："让人干活总是要管一顿饭的。黑六，你带着黄七进城买点馒头烧饼，顺便再带一些完好的瓦片回来。"

黑六不敢违抗道四，便带上黄七走了。庞原此时也是饿得前心贴后背，肚子里"咕咕"地叫。道四看了他一眼，说道："黑六说的也不是没有道理，庞堂主此时想必也体会到了饿肚子的滋味，可那些被贵帮吞掉了粮食的百姓可怎么办呢？庞堂主饿也就是饿一顿，可难民们可是要饿上十天、半个月、一个月，最后甚至会易子而食，泥土果腹！庞堂主是练武之人，儿时想必也是穷苦出身，难道还不知道这些道理么？"

庞原一时找不到话回应，便低头不语。道四也不逼他，只是命青河帮的那十几个武者继续干活去。过了约摸半个时辰，黑六和黄七捧着一包吃的回来了。他们先挑出两个馒头、两个烧饼交给道四，把剩下来的全部分给了青河帮的人。吃完饭，十几个人上屋顶重新铺了瓦片和茅草，下来把大殿里的天尊像抬了出去，又一番收拾整理，一个荒废的道观居然显得有模有样了起来。

道四捏着下巴上的胡须，对着干干净净的大殿高兴得直咂嘴，嘴里念念有词："妙啊，妙！委屈了广法天尊的泥身，可成全了我云游画宗的基业。妙，实在是妙！"

黑六此时凑了过来，小声说道："四哥，现在活干完了，这帮人怎么处置？"道四眯缝着眼睛，说道："其他人可以走，庞堂主须得留下。"

庞原一惊，嚷道："留下我干什么？我可什么都不知道！"

道四笑道："庞堂主莫怕，我们不会对你如何。只是请你在此再做几天客，待我宗宗主归来问完你话自会定夺的。"

庞原咬了咬牙，喊道："兄弟们，我们和他们拼了！"青河帮那十几个人听庞原如此一说，便准备动手抢人。道四双眉一耸，就要出手。

正在此时，大殿里有冷冷的刀光一闪。

刀光闪过之后，众人才听见刀出鞘的声音。

好快的刀。

只见两名劲装武者捂着喉咙倒了下去，却没有血流出来。这一刀封喉之精准，将将割断了他们的喉咙，连多一分力都没用，更不会流出多余的鲜血。

道四抚掌笑道："原来是刀二哥回来了，一刀双斩，还是令人忍不住叫绝。"

庞原慌忙转身，这才看见大殿里多了两个男子。一人左手持刀，素衣布鞋，面容冷峻。另一人却是一身商人打扮，头戴一顶瓜皮小帽，脸上永远是笑盈盈的。

刀二冷冷地说道："不想死的就滚。"他一向话不多，和他的刀法一样精简。

青河帮的武者见到如此情形，全都灰溜溜地走了。庞原也想混在人群里溜走，谁知道四一只手早已搭在他的肩膀上，在他耳边笑道："庞堂主请留步。二哥说的是你的手下，可不是赶你走。庞堂主还请坐下说话。"

黑六拉着黄七走到刀二和那个商人模样的人跟前，说道："刀二哥，商三哥，您二位来了。"刀二微微颔首，上下打量了一下黄七，没有说话。商三呵呵笑道："好，好。你们二人已经如此熟络了，甚好，甚好。七弟初入我宗，可还有什么不明白的么？"

黄七有些支支吾吾，想说什么却没说出来。商三哈哈一笑，说道："想问就问，无须多虑。咱们云游画宗可没有那么多规矩。"

黄七见商三不似客气，这才开口说道："敢问三哥，咱们宗主的画好卖么？黑六哥告诉我咱们宗主要是靠宗主的画赚钱的，那…那万一哪天宗主的画卖不出去了，咱们宗可怎么活下去啊？"

黑六伸手就要揍他，商三则哈哈大笑，示意黑六莫要动手。刀二虽然仍是那一副冷峻的面孔，可眼睛里也有了一抹笑意。道四从黄七身后走来，拍拍他的肩膀，笑道："七弟真是一个过日子的人，想得还挺周全，也很实在。宗主的画么，只卖给懂它的人。不懂的人看不出宗主画中的真意，再有钱宗主也是不卖的。这么些年来，都靠商三哥经营着宗主的丹青生意，咱们宗虽不是大富大贵，但在这乱世之中，也算是温饱无忧了。"

黄七这才松了口气，黑六伸手抓住他耳朵，把他拉到一边一顿训话。道四对刀二和商三说道："二位回来的正是时候。道观刚刚整理完毕，小巧精致，别具一格，作为我宗在南陵的驻地再合适不过了。"

商三笑道："四弟所言不错。我前些日子正在为这事操心，未曾想这道观经过一番修整之后倒还真是不俗。二哥意见如何？"

刀二说道："我没有意见。"

道四说道："那好，等见到宗主我们便将此事禀报宗主，由宗主定夺。二哥，宗主是去哪里了？"

刀二说道："今日清明，宗主回南陵祭拜亲人，此时应该身在烟墩宝山寺旁的'韵无穷'里。宗主说自己有六年没回来了，要去和'韵无穷'里那位喝一杯桂花酒。"

黑六这时插进来说："三位哥哥，放走了那些个青河帮的人，他们恐怕会搬救兵来吧。"

道四轻描淡写地说道："无妨，大不了再灭掉一个门派就是了。"

黑六吐了吐舌头，转身找黄七玩去了。刀二对道四说道："灭了一个青河帮不难，关键是要查出来在他们后面撑腰的究竟是谁。”

　　庞原一直竖着耳朵偷听他们谈话，此时不禁倒吸了一口凉气，心里盼望着手下人还是不要带着帮里的兄弟来送死的才好。

第二章 初现端倪

黄七一直在收拾那七间屋子，嘴里嘀咕着这里要放一张桌子，那里要放几张长凳，炕上的枕头和被子买什么样的，把黑六烦得不行。道四和刀二一直在商量接下来如何对付青河帮的事，他瞅见商三独自无事，便走过去找商三闲聊："三哥，宗主的画卖了什么价？这次又是什么样的买主？"

商三笑道："六弟你刚才还嘲笑老七婆妈，怎么还能和他问出同样的问题来呢？"

黑六讪讪道："三哥就别揶揄我了，这兵荒马乱的，有钱了才能生存。老百姓都以为走江湖的人天生就有饱饭吃，那可是说书人胡吹出来的。我混帮派混得多了，越来越明白这个道理。"

商三罕见地收敛了笑容，小声地叹了口气，说道："六弟说得不错，时局动荡，人心不安。朱元璋刚刚击破了陈友谅的大军，独占了南边这半壁的江山，不日便会挥师北进，驱逐元军。这仗还有得打，只要天下不太平，官府不稳当，老百姓就没有好日子过，帮派也就没有稳定的进项。据我所知，当下还能屹立不倒的江湖势力，要么是依附于大明军的核心人物，要么是发了这连年战乱的财。像咱们宗这么闲云野鹤，独善其身的宗门，确实不太容易存活得下去。如若不是宗主这一笔丹青超凡脱俗、玄妙绝伦，咱们还真未必能有饱饭吃。"

黑六说道："兄弟还得感激三哥，如果不是三哥这么多年来苦心经营宗主的画作，恐怕早就散了伙了。"

商三哈哈一笑，拍了拍黑六的肩膀，说道："你别捧我，咱们几个人各有各的功劳，缺了谁都不行。我和刀二哥跟着宗主最早，对宗主选人的眼光敬佩至极。别看咱们宗人不多，可每人都能独当一面。六弟你虽然不会武功，也不识文字，可你那一身技艺也是令我佩服得很。咱们在宗门里各司其职，各管一边，替宗主分忧，为门派出力，谁也不能盖过了谁。你说是吧？”

黑六点头称是，却又紧接着追问：“三哥，画到底卖给谁了？”

商三微微一笑，不答反问：“你可听说过飞鸿会？”

黑六急忙应道：“听过，听过，之前听刀二哥说过。他说这飞鸿会好像是大明军里哪个大官儿一手栽培起来的，在应天府一帮独大，南边半壁已然找不出可以与之相抗衡的武林势力了。”

商三缓缓说道：“不错，此行我去应天，便是与飞鸿会的人做了交易。”

黑六问道：“啊？三哥你见到他们老大了么？”

商三哈哈笑道：“飞鸿会会主何等身份，岂是我商三可以见得到的。此去是和飞鸿会黄门门主手下一个僚机做的买卖。此人文武双全，眼界不俗，从别人处得知了宗主画作的精奥，故托多方关系最终才与我接上了头。飞鸿会在应天枝叶众多，犹如庞然大物，门下一个僚机也出手阔绰，宗主的画所得不菲，足够我们把这处驻地好好地置办一番了。六弟可放心了？”

黑六大喜道：“三哥办事小弟哪有什么不放心的。小弟早知道有三哥在咱们就饿不着，信三哥，得富贵！”

商三笑骂道：“越说越不像话！你小子这套捧人功夫天下无敌，天天被你这么捧着总有一天我商三得从云头上跌下来摔死！”

黑六正欲再瞎白活两句，突然从四面八方传来数十人的脚步声。只听见观外有人吆喝一声，三十几个短打装扮的汉子从大门外冲了进来，把整个大殿围作一圈。队伍最后面走着三个人，脚步稳健，气息雄浑，一看就是不多见的高手。

庞原本来没精打采地靠在殿里的柱子上打瞌睡，看见这伙人冲进来一下就来了精神，跳起来叫道：“副帮主救我！”

中间一个脸色阴沉的中年男人看了他一眼，没有理他，只是对着站在一边的刀二怒喝道：“可是你杀了我帮的两个兄弟？”

刀二冷哼一声，说道："我连你也一块儿杀了！"

他右手握住刀柄，瞬时间道观里杀气纵横，每个人都觉得后颈一凉，仿佛真有一把快刀架在自己的脖子上。

副帮主正面迎上他刀意，竟不自觉地后退数步，若不是他身边两人用手抵住他后心，恐怕直接就要退到大门外面去了。

庞原本来兴冲冲的表情一下子凝固在了脸上。他见副帮主带着左右护法，随同几十名帮中好手来到此处，以为必定势如破竹，拿下眼前这么几个人自是不在话下。岂料刀二尚未拔刀，刀意便一跃而出，镇住了全场，副帮主都差点狼狈退走，这一下谁输谁赢，他庞原心中已完全没了底气。

道四兀自捧着那本经书残卷，坐在地上口中念念有词，似是对眼前的阵仗丝毫不感兴趣。

商三拉着黑六，嘱咐他去后面的房舍里把黄七带过来，别让他一人落了单。黑六赶忙去了，发现黄七根本不知道前面大殿里正在对峙，过去一掌就拍在他脑袋上。黄七疼得"哎哟"一声，满眼不解地望着黑六。黑六小声骂道："你个迷迷瞪瞪的爱打扮闺房的痨病小娘们儿！都什么时候了，还在这儿犯晕呢？我可告诉你，二哥正在外面和青河帮的人交手，做兄弟的得出去架场子！快跟我来！"

黄七也没明白出了什么事，被黑六拉着歪歪倒倒地就来到了大殿里。看见殿外围了那么多人，黄七低低地惊呼了一声，又被黑六一个锁喉，紫涨着脸喘道："六哥，松松，快死了！"黑六对他耳语道："别出声！再出声我他妈掐死你！"

副帮主站稳了身形，有点恼羞成怒。他知道眼前这个刀客是个不好惹的主，于是对身边两位护法说道："二位，我们三人一起上，夺下他的刀。"左右护法相视一眼，点头领命。三人对好了时机，忽然从左中右三面包抄，眨眼之间便来到了刀二的身周。左护法铁腿横扫，右护法拳出如风，中间副帮主从怀中掏出两柄短刃，左右刺击。三人这一番配合居然有模有样，刀二眼看着就要被三人的攻势所淹没。

蓦然间刀光一闪。

刀出无声，刀过后众人才听见刀出鞘的声音。

长刀一闪即没。大殿里静得可以听见血滴落的动响。两柄短刃颓然坠地，三人捂着喉咙瘫软了下去，亦是没有多流出一丝鲜血。

道四放下残卷，懒洋洋地自言自语道："一刀三斩，二哥的刀法果然不出我所料。"

庞原的脸都吓白了，心想这都是些什么人啊，自己帮的副帮主和左右护法来了都不是一刀之敌，这要换了别人早就在江湖上开宗立派了，没准儿还能成为江南行省五大帮派之一，可这人却甘愿屈居人下，龟缩在这个只有七人的小宗门中，这个宗门的宗主得是厉害到什么程度？庞原想不明白，可他却不愿意帮里这几十个兄弟白白地断送了性命。

"都别轻举妄动！"庞原对着不知所措的青河帮帮众喊道。副帮主和左右护法都死了，在场青河帮的人里数他的职位最高，青河帮帮众们都竖起耳朵听着他的号令。

"全体……坐下！只要乖乖别动，这帮英雄们就不会难为你们！"庞原高声喊道。

青河帮几十个人面面相觑，一下子没了主意。庞原又大声呵斥了一遍，三十几个人才一个接一个地坐倒在大殿外的院子里。

商三笑着对刀二说道："正好置办这驻地需要劳力，不如让他们去采办些桌子、板凳、被褥、枕头之类的回来，我看七弟已经迫不及待地要把咱们宗收拾成软红楼的架势了。"

黄七问道："软红楼是什么？"

黑六说道："这你都不知道，真是土包子。软红楼是江南最大的青楼。"

黄七一脸茫然，问道："青楼是什么地方？"

商三笑吟吟地道："青楼就是男人们快活的地方。"

黄七恍然大悟，说道："哦，我知道了，原来青楼就是妓院啊。商三哥说我要把咱们宗装扮成青楼，看来商三哥对软红楼甚是了解啊。"

道四喝了一口水没来及咽下去当场就喷了出来，黑六强忍住笑又一个锁喉勒得黄七连连告饶。

商三老脸通红，说道："咳咳，没有，没有，道听途说，道听途说而已。"

刀二还刀入鞘，走到正在绞脖杀的黑六和快要窒息身亡的黄七身前，沉声说道："青河帮的人由你们差遣吧。若有人不听话再告诉我。"

黑六和黄七急忙站直了身子，连连称是。道四在一边悠悠地说道："等宗主回来，这处道观估计就能置办好了，届时岂能不大醉一场？哎呀，那个毒老五不知道干什么去了，我要用他的龟背竹泡酒！"

黑六和黄七把青河帮那三十几个人分成了两拨。一拨去县城里采办家具被褥之类，另一拨留在道观里除草撤匾，进一步地细化清理。庞原此时也顾不上自己是青河帮堂主的身份，帮着黑六和黄七指挥着青河帮武者，俨然已经把自己当成半个主人家了。

商三对站在一边的刀二说道："杀了他们副帮主和左右护法，不知道这正帮主还有没有胆儿来了，等这里的事情了了，咱们恐怕得去青河帮的总堂走一遭。"

刀二说道："宗主交代务必查出此事背后的主谋，小小的南陵不至于有这样的人物，这幕后的黑手也许远比你我想象的要复杂得多。"

商三应道："是啊，牵扯到大明军中派系的事情，从来也没有简单明了的。想这飞鸿会在应天府如此只手遮天，却也不得不小心行事，提防着中枢内阁里敌对派系的渗透和搅扰。稍有不慎，一子落错，也许便会面临满盘皆输的结局。江湖凶险，世事如棋，今日风光大好，明日便有可能身首异处。大人物也有大人物的苦恼啊。"

道四在边上插嘴道："所以啊，不如手捧圣贤经书，每日餐风饮露，如果能再有一壶花香妙酒，以解千愁，才真的是神仙一般的日子啊。"

商三笑道："还是四弟道行深，早已看破这滚滚红尘，只想做一个避世的谪仙。

我商三是个俗世生意人，比不了，比不了！"

　　道四说道："三哥过谦了。还是宗主说得对，入了云游画宗，之前的身世一概不提，也一概不论，入了咱们宗，那就等于是和以前的日子划清了界限，以前的自己不再是现在的自己了。所以哪怕你之前是恶贯满盈、杀人如麻也好，下流无耻、认贼作父也罢，宗门一概不查不管。所以对道四来说，这已经算是两世为人了。我扪心自问，没有什么放不下的了，只想无忧无虑、舒舒服服地度过余生，读一读经卷道藏，饮一饮毒老五自酿的'毒以养生'草木之酒，便再也没有什么遗憾了。"

　　商三点头回道："宗主是有大智慧的人，且还兼有大手笔与大武境，行事岂会没有至理蕴涵。刀二哥如此刀法之人物，都甘愿屈居于宗主之下，在这仅有七人的宗门里布衣素食。要知道以刀二哥的人品武功，出去随便都是一个门派的龙头首脑，连刀二哥都对宗主这么死心塌地，咱们宗主可是个多么了不起的角色啊。"

　　刀二说道："四弟武功不在我之下，他自然知道宗主武功的深浅。"

　　道四摇头道："非也，非也。二哥这话说得不对。道四虽自问还算是有一些见识，可宗主的身手，我可真是看不出深浅，只能用深不可测四字来形容。"

　　刀二默然不语。商三哈哈笑道："二位既然都这么说，那就绝错不了。哟，这帮人打架不行，干活手脚还挺快，家具被褥已经置办回来了。"

　　只见十几个人雇了四辆大车，车马停在道观门外，正在陆续地往里面抬着桌椅、被褥、杯盆碗筷之类的物件。庞原站在大殿门口指挥着，斜眼逮着一个无人盯着他的空隙，急忙拉过一个青河帮的武者小声问道："进城可和我们的人接上头了？"

　　那名武者回道："已经暗中通知帮主了，堂主放心。"

　　庞原稍稍宽心，正待转身继续指挥手下干活，却发现道四正站在自己身后，笑眯眯地看着自己。庞原脸"刷"地一下白了，心想这下完了，被这人发现了，自己免不了挨一顿毒打。谁料道四只是乐呵呵地说道："庞堂主，是否已经通知贵帮帮主了？"

庞原知道瞒不过他，讪讪地答道："是…是。"

道四笑道："那就好，那就好啊！庞堂主认为贵帮帮主可会亲自前来搭救你们呢？"

庞原陪笑道："帮主想来应该会行我帮拜会别派的礼数，备好礼品，亲自前来登堂会见各位。"

道四点头赞道："不愧是南陵县第一大帮青河帮的帮主，就是有帮主的气派。好，若贵帮帮主亲自前来，那么庞堂主自可全身而退，只是贵帮帮主恐怕就要留下来做几天客人了。"

庞原满头大汗，小声应道："是…是。"

道四还待再调侃他几句，眼角突然瞥见墙头上有精光一闪，脸旁感到劲气刺肤，心中暗暗惊奇。他右手突然伸出，抓住了一支向他射来的短箭，箭气未止，道四只觉脸颊一疼，竟是被箭气在脸上划出了一道细细的伤口。

他听见身侧传来一声闷哼，转头看去，只见庞原胸口已被一箭贯入，箭矢之力强劲无比，竟将庞原身躯直带出两丈外方才止歇。

这两箭突如其来，大殿里所有人都未能提前反应。庞原坠地后，刀二才追出观外，道四过去查探庞原的伤势，发现他已然气绝。这一箭正中庞原心口，箭矢大半都深入内里，想是连他体内的脏器都被这一箭的劲力震得粉碎了。

箭尾套着一个绿竹小管，道四从管里抽出一张纸卷，打开一看，只见纸上以簪花小楷写着寥寥数语：

云游画宗诸位，承蒙各位款待我帮愚众，不胜感激。无以为报，盼各位赏光，移步我帮大殿一叙，吾心向往之。

纸卷没有落款，只在右下角有一个青色的水流符印。道四唤过来一个青河帮武者，问他符印为何，武者回话，此符印乃青河帮之印，为帮主所持有。

商三走过来看过纸卷内容后，对道四说道："他们邀请我们过去，想必是布好了埋伏，成竹在胸，没想到这一个小小的青河帮居然有如此底蕴。"

道四捻着自己的胡须，缓缓说道："青河帮未必有什么底蕴，只怕是它身后的势力开始介入此事了。"

二人没说几句，刀二从门外走了进来。道四问道："可追上了？"

刀二伸出右手，掌中有一截断箭箭身。他沉声说道："此人箭技精湛，似乎还熟谙暗杀之道。他埋伏在撤走途中，试图也对我进行刺杀。我挡下他一箭，他并未纠缠，隐匿遁走了。"

道四说道："武林中已多年没有使弓箭的高手了。自从'分曹射覆一箭门'门主褚弦被徐达纳入门下之后，一直都是随军征战，也不可能有余裕参与这些事情。"

刀二冷声说道："不是褚弦。若是他出手，你我今日恐怕都未必能全身而退。"

道四点头道："不错。可不管他是谁，我们此行青河帮倒是添了不少变数。"

他把纸条递给刀二看了，刀二沉吟不语。黑六和黄七此时才来到大殿里。看到庞原的尸体，黄七竟然十分伤感，黑六骂道："出息！他可是青河帮的人哩！"

黄七哽咽道："相处数日，一同干活，不知不觉已经把他当作了家人。"说着还小声抽泣起来。黑六见他难过，也不再说他，只是站在一旁搓着手不知道该说些什么。

商三说道："此行也许凶险，是需要毒老五出力的时候了。事不宜迟，我来唤他。"商三从怀里掏出一个瓷瓶，拧开瓶盖，挑出一些粉末迎风挥洒出去。

黄七见状，惊讶问道："咦？这样就能喊上五哥么？"黑六没好气地说道："我说你哭能不能哭得专心一些，这一下就分了心你是哭给谁看的？"

商三笑道："此粉末由毒老五亲制，对旁人来说无色无味，对他来说却是气味剧烈，迎风十里就能闻到。每次我们唤他，只要对着东南方向迎风洒出即可。"

黄七红着眼眶，仍是好奇问道："五哥他一直在东南方向么？"

商三笑道："是啊，他在东南方向已经快半个月了。"

黄七奇道："咦？难道他都不换换地方的么？"

道四有些不屑地说道："毒老五在东南边那片毒草地里研究毒物呢，一般不让他回来，他身上毒气味太重，熏得人受不了。"他转头对商三说道："上次他一个人差点毒死了一个镇的百姓、牲口、家禽，要不是我和二哥连夜把解药混进镇上所有的井水里，那个镇可真就是一夜之间寸草不留啊。这次又喊上他好么？"

商三笑道："五弟本宅心仁厚，奈何自身毒性太强，偶有失手误释毒素之时，并非有意为之。四弟莫要再揶揄他了，他心思极重，生怕祸害了我们，独自一人逗留在毒草地中。你若再刺激了他，恐怕他会再退避五十里，兴许以后都不会再露面了。"

道四摇摇头，自言自语道："罪过，罪过，无量寿佛。"

黄七抹干净眼泪，和黑六招呼青河帮的人抬开庞原的尸身，与副帮主和左右护法的尸体一同堆放在雇来的大车上，端来水盆和抹布，擦干净大殿地上遗留下来的血迹。各人打扫完毕，整个大殿里又整洁一新，黄七指挥着十几个人把买来的桌椅摆在大殿里排放好，顿时便有了一个宗门的派头。

黄七忽然用鼻子闻闻这儿，又闻闻那儿，纳闷地问道："怎么有一股子味道？你们闻到了没有？很难闻啊，像是烧焦的猪皮拌上泔水又混了女人胭脂水粉的味道。奇怪，是哪里还没打扫干净么？你们闻到了么？"

一众青河帮武者连连点头，还伸出大拇指夸赞黄七形容得贴切。

黑六过去一记黑虎掏心打得黄七抱住胸口连连呼痛。黑六斥道："别瞎说！是五哥回来了。"

黄七赶忙让青河帮武者去烧洗澡水，黑六过去勒住他的脖子，气得怒骂道："你个爱洗香香的痨病鬼小娘们，我他妈还是掐死你算了！"

二人正在打闹，聚集在大门边的青河帮武者像是被一股无形的力量推开似的，瞬间就躲得远远的。只见大门外走进来一个看上去干干净净的年轻人，衣服上毫无污渍与褶皱，脸上手上白白嫩嫩，连一点泥灰的痕迹都没有。可他身上的味道确实如黄七所言，无人可以近得了身。

黄七捂着鼻子，对黑六说道："我说六哥，我现在可以理解道四哥刚才说的话了。"

黑六也捂着鼻子说道："我发现你小子确实长着一张找死的嘴。"

进门的年轻人无疑就是毒五了。他见众人都捂着鼻子，像是突然明白了什么，急忙拱手说道："抱歉，抱歉，是在下的不是。多日来与毒虫毒草为伍，自是要施一些护体的气味在身上的。抱歉，抱歉，我这就来换了它。"

毒五伸指一弹，身上的味道渐渐地就消散了，代之以一股檀香的气味，甚是好闻。道四松开鼻子，长吸了一口气，说道："离开那么多日，你的毒酒酿得怎么样了？什么时候才能让我喝进嘴啊？"

毒五回道："四哥莫急，毒酒中三十六味毒药相生相克，毒性需要一段时间相互消弭，之后才能留下大补之药力。据我估计，再过几日便可开坛了。"

黄七对毒五甚是好奇，径直走了过去说道："五哥，初次见面，我是黄七。你身上的味道为什么可以变来变去的？而且是从那么难闻的味道变成这么好闻的味道，莫不是和你穿的衣服有关？"

他伸手去摸毒五身上衣服的料子，又拽了拽毒五的袖子，没发现有什么异常。他转过头来，发现黑六正在用一种奇怪的眼神看着他。道四、商三、刀二的神情也很古怪。他有些困惑，问道："你们为什么这样看着我？"

黑六颤声道："老七，你可有什么感觉？"

黄七木然道："没有啊！"

黑六说道："可你的脸全黑了！"

黄七一惊，急忙抬起手，发现自己的双手也已经全部变成了死灰色。他惊讶地望着黑六，问道："这是怎么回事啊，六哥？"

黑六说道："你中毒了！"

黄七惊道："我中毒了？我怎么会中毒了？"

商三说道："因为你刚才摸了老五的衣服。"

黄七一头大汗，说道："呃…这样就中毒了？五哥，这毒还有救么？"

毒五淡淡地说道："无药可解。"

黄七吓得脸都白了，舌头也不利索了："啊，我…我…我可还不想屎啊…怎么肥四…五锅内够够我啊…"

道四哈哈一笑，说道："老五你别吓他了，赶紧给他解了吧。"

毒五微微一笑，走上前去，拍了拍黄七的肩膀，弹了些粉末在黄七的鼻子里。黄七只闻到一股淡淡的花香味，整个人变得镇定下来，舌头也不打结了，这才恢复了脸色。

毒五对黄七说道："抱歉，抱歉，毒力自动护体，这么多年来已经成了习惯。七弟下次如要碰我，请事先跟我打个招呼。开个玩笑，算是初次见面的寒暄了。哈哈，哈哈。"

黄七远远地躲在黑六的身后，心想从今以后绝不可能再碰这个人了，寒暄致死，划不来。

刀二沉声说道："既然人已到齐，那我们就一起赴青河帮之约吧。"

当即由青河帮武者带路，众人坐上大车，进了南陵县城。道四在车上对黑六和黄七说道："你们二人与商三哥在中途下车，到城南的洞岩茶楼等我们。我和刀二哥、毒老五去他们的驻地。我们若没有回来，你们也别回道观了，商三哥会安排后面的事。"二人点头会意。大车在县城中心放下商三、黑六和黄七，三人去往洞岩茶楼，大车径直驶向青河帮的总堂。

青河帮总堂不在南陵县最繁华的街市之中，却在有着"南陵玉带"之称的青河之畔。总堂府宅依河而建，虽不算堂皇巨制，却也清幽淡雅，出尘脱俗。刀二、道四、毒五三人在大门外下了车，看见青河帮驻地如此光景，不禁有些意外。他们本以为以青河帮这么一个县城里的小帮派，总堂驻地一定是在闹市之中，浮华庸俗，未曾想居然会有这样的雅致，倒是出乎他们三人的意料。

道四说道："有点意思。看来这青河帮还真有些底蕴也说不定。"

毒五说道："毒五出手太重，轻则不留活口，重则寸草不生，还是请两位哥哥走在前面，毒五断后。"

道四笑道："你自己清楚就好，也省得费我们的口舌。"

刀二一言不发，领头先行。与他们一起回来的青河帮武者率先进了大门，道四紧随刀二身后，毒五不紧不慢地走在最末，三人穿过中堂，来到了青河帮的大殿之外。只见殿外站着三个人，其中一人器宇轩昂，面容威严，顾盼下自有风度。他走上前一步，对着刀二三人说道："想来三位就是云游画宗的人了。在下正是青河帮的帮主，人称'南陵王'解道尊。"

道四不禁哑然失笑："南陵王？道尊？我说你这名号起得还真是震耳欲聋，令人发指啊。"

解道尊冷哼一声，说道："姓名乃父母所赐，名号由江湖朋友们抬举。我青河帮雄踞南陵已八载有余，无人不给我解道尊一点薄面。可贵宗门无缘无故便在南陵探我底细，扣我门人，还辱杀了我帮副帮主及护法等人，实在是欺人太甚。今日三位若不给我帮一个交代，恐怕是难以走出这大门了！"

他这番话说得铁骨铮铮，掷地有声，倒还真有些一帮之主的架势。

刀二冷冷地说道："若不给，你待怎地？"

解道尊勃然大怒，喝道："放肆！一个毫无名气的小宗门，竟然也敢在本帮主面前如此狂妄！今日你若…"

他话音未落，眼前忽有刀光一闪，刀二似是动了一下，刀光过后才有刀出鞘的声音。

解道尊后面的话再也说不出来，捂着自己的喉咙倒了下去。

刀二还刀入鞘，冷冷地跨过解道尊的尸体，走到他后面一个手拿折扇的公子哥模样的年轻人身前三步处停了下来。

年轻公子满脸微笑，手中轻轻摇着折扇，赞叹道："好刀法！阁下的刀法实在是如长虹贯日，电闪雷鸣，亦如狂风送息，妙不可言哪。"

刀二不语，只是仔细观察着他的一举一动。

年轻公子赞叹一番之后，合拢折扇，敲击着自己的掌心，笑道："江湖中使刀的高手不多见，以阁下的年龄论，就更不多见了。凑巧今日随小弟前来的也有一位用刀的年轻翘楚，二位不如切磋一番，亲近亲近。"

他身后闪出一个身穿灰色布衣的年轻人，这人看着比之年轻的公子还要年轻几岁。他人虽年轻，却生得骨骼饱满，面如斧凿。站在公子身后时无声无息，别人都很难发现他的存在。可一站出来后却如临渊峙岳，就连刀二都顿生无处出刀的感觉。

他的刀不在手上，而是在背后。一柄宽大的刀鞘斜背在后背上，刀柄从颈旁伸出，犹如奇峰突起。

年轻刀客亦不多言，他与刀二遥遥对视，二人尚未出手，殿外众人却觉得有冷冽刀意在空气中此起彼伏。

道四对折扇公子说道："青河帮帮主已经死了，二位想必并不是青河帮的人。敢问二位是什么来路？"

折扇公子微微一愣，随即笑道："兄台这句话倒是提醒我了。是啊，这解道尊已经死了，他死了就死了呗，不足为惜，我们和诸位又何必伤了和气呢？罢了，罢了，这刀还是不比了。我们先行告辞，来日有缘再请各位喝一杯合桃酒。"说着他用折扇在年轻刀客的肩膀上敲了一下，年轻刀客立即退入他身后。折扇公子向刀二等人拱了拱手，挥着折扇，转头先行。灰衣刀客紧随其后。

刀二没有动，道四也没有动，毒五倒是在折扇公子经过他身旁时耸了耸肩膀，折扇公子好像也停顿了一下，但并没有发生什么，折扇公子依然挥着折扇笑嘻嘻地走出门外，毒五依然站在原地没有动。

待所有人走远，刀二才长叹一声，说道："那年轻刀客说收便收，随心所欲，我完全锁不住他。"

道四也叹道："幸亏没有动手。他们走的时候我才发现屋檐上还埋伏着那个箭手，随着他们殿后撤走了。"

毒五也叹了一口气道："我全身布满四十八种奇毒并试图隔空传在那公子哥的身上，谁知他折扇一挥就把我的毒全部返回来了，真是人不可貌相啊。"

道四没好气地说道："这下好了，青河帮帮主死了，背后的势力倒是出现了，只是咱们三个留不住人家，什么也没查出来，截粮的事情到这儿就这么断了。完了，完了，宗主还指不定怎么罚我们呢！"

刀二忽然说道："这倒未必。"

道四奇道："二哥难道有什么收获么？"

刀二说道："你们可曾看见他扇子上那幅画？"

道四和毒五对视一眼，说道："看是看见了，不过一幅画能看出来什么呢？"

刀二说道："画面左下角有一个落款。"

道四问道："落款上题的什么字？"

刀二一字一字地说道："木、梁、陈！"

第三章 木氏双杰

南陵县城外西南面五十余里处有一片山头错落，山形虽不高，但山势蜿蜒，若延着山路在其中行走，也会有龙盘虎踞、曲径通幽之感。这小小的山脉深处，可以隐约听见禅寺里早课的钟声和僧人梵唱。有目力极佳者，还可看见有淡淡的饭堂炊烟自团山低处升起，升入山巅，与雨后的浓密山气融为一体。

山路难行，所以此处历来人迹罕至。除了几个惯常在密林间打猎的猎户之外，很少有人进入团山深处。山中有一寺庙，人称宝山寺。寺中僧人几乎从不外出，只在庙后平缓的山坡上依山势开垦，种下了小麦、甘薯、青菜、萝卜等。每年清明前后，漫山梯田里的油菜花正是开得最好的时节。

在宝山寺以南的另一个山坡顶端，却有一处本不应该出现于此的府院。院落并不铺张，在山坡上借势绵延，似一个小巧精致的碗盏。府院高处可以俯瞰宝山寺，二地虽然坐落于两处山头，可山头与山头之间距离颇近，中间虽无一物连接，可鸟雀却时常在两处山间纵越飞渡，方便至极。

府院高处是一座二层楼的茶亭。凉亭本是无层之筑，拔地而起。然而此院之建造却别具匠心，将茶亭安置在底层的书房之上，凭虚临空。亭上飞檐鹊起，俨然一尊意欲趁势飞去的空中楼阁，却又比空中楼阁多了一分肆意不羁的灵动之意。

茶亭中有一石桌，桌上有一壶刚刚泡得的太平猴魁，壶分两杯。桌边懒懒坐着二人，一人宽袍大袖，长发垂肩，手里还攥着一枝摘下不久的桃花。另一人一身素布蓝衫，长发在脑后用玉簪盘了一个发髻，面容俊朗，一双眼睛深邃明亮，好似没有什么他看不明白的事情。

蓝衫人饮了一杯猴魁，说道："大哥此院，当真不在南宫家那'声声慢'之下。若要再论地势风水、日月之气、水木之华，'声声慢'恐怕尚不及这蕴意隽永的'韵无穷'。"

院主人懒散地回道："只是一个偏安隐匿的居所罢了，不值一提。倒是你离开烟墩这么些年了，可有些什么历练？"

蓝衫人说道："江山动荡，人心惶惶。南边半壁这几年来一直在朱元璋和陈友谅的征战杀伐之下，铁蹄所至，民生涂炭。我这几年遍访名山大川，拜会各派名宿之余，对百姓民生极为关切，也做了几件惩恶扬善、救助黎民的小事。"

院主人悠悠说道："随心而动，自是好的。你离开烟墩之时，与任何人都没有辞行，我本以为此生再难相见了。今日得以重逢，我也是欢喜得很，不如弃茶饮酒，一叙旧情。"

蓝衫人笑道："此行而来正是为了大哥酿的桂花酒，小弟就不客气了。"

院主人挥手叫来童子，将茶壶茶杯撤去，换上了一坛糯米黄酒和四个佐酒小碟。甫开酒坛，花香扑鼻。童子倒出两碗，蓝衫人闻味良久，一饮而尽，忍不住拍案叫绝。

院主人笑道："你来得正是时候，这酒剩得不多了，连我都不忍多饮，今日高兴，就放开了喝吧。"

蓝衫人说道："大哥隐居之处还能有这样的餐饮酒食，换了谁不羡慕？"

院主人放下手中的筷子，端起酒碗饮了一口，说道："我要隐居，宗家高兴还来不及，自不会省下这些伺候。厨房里配的四个伙夫，掌管饮食起居的丫鬟婆姨，端茶铺纸的书房小童，都是宗家安排过来的。这处府院虽是我物色，但却是宗家出钱购置，转赠于我。自从你父九年前被迫辞去家主之位，隐居于烟墩小筑之后，宗家门里天翻地覆，你父的亲信手足全部被剥去了权势，晾在一边。我当年受你父提携，也被他们视为眼中钉，不过我在宗家里是长子长孙，我父又是为了宗家英年战死，所以没人敢动我。但我这人天性淡泊，从不喜争权夺利，数年前厌倦了宗家里勾心斗角的日子，自提归隐。他们巴不得我主动离开，自然不会拒绝我的任何条件，我也乐得清闲。要知道山中一日，世间一年，谁又能过得了这种活神仙的日子？"

　　蓝衫人默然不语。院主人见他如此，遂替他斟酒一碗，继续说道："宗家也如这江山社稷，一朝天子一朝臣。当年你父在家主之位时，我宗家如日中天，雄踞徽州一带，与江南三大世家分庭抗礼，西湖蓝家尚无法与我宗家同日而语。你父不仅自己一身艺业在宗家里无人可及，栽培的几个人物亦是绝艳惊才。这其中首推你父养子、你的养兄刘客幽。九年前刘客幽被徐达纳入麾下，作为徐达武者幕僚团首座，与李善长一手打造的飞鸿会会主左丘飞鸿明争暗斗，龙虎风云，已非我等可以企及。再者就是你，年少成名，在江南行省年轻一辈中已经找不到对手。只是江河日下，如今你父、刘客幽，你，还有我这一介浮浪散人全部远离了宗家的权利核心，实可谓世事如浮云苍狗，盛名似昨日黄花。"

　　蓝衫人将碗中桂花黄酒仰脖饮下，说道："大哥对刘客幽与我如此称赞，却绝口不谈自己，委实是过谦了。谁不知道徽州木家的木双声才是木家第一高手，大哥只是过于淡泊洒脱，否则当年若参与家主之争，与他木人相谁胜谁负尚是两说之数。"

　　木双声摆手笑道："家主可不是人当的，我可不会自寻烦恼、自找苦吃，去争什么家主之位。我宁愿每日在这茶亭中烹茶煮酒，与僧为邻，也不愿再参与那么些个令人心烦的是是非非了。"他饮完碗中酒，双目如炬地看着蓝衫人，说道，"倒是听说小雨你成立了一个云游画宗，还收了几个宗门党徒，这几日在南陵县城里秘调青河帮侵吞大明军赈灾粮一事，可是真的？"

　　木小雨回道："大哥消息恁地灵通！小弟确实成立了自己的宗门，不过选人谨慎，六年来只挑了六个门人，而青河帮私吞赈灾粮一事我一定会一查到底。"

　　木双声"哦"了一声，似乎对云游画宗的事很感兴趣，继续问道："是怎么样的六个人呢？闲来无事，不妨说来听听。"

　　木小雨微微一笑，说道："宗里自我而下，有刀二、商三、道四、毒五、黑六、黄七诸人。我宗规矩，入我宗之前经历身世一概不问，入我宗后但凡有不轨歹行我会亲自执法。诸人无须使用真名，有个称呼的代号就好，也不许打听调查别人的事。

论个人技艺，刀二擅长刀术，商三善于经商做买卖。道四一身拳脚武功不在刀二之下，此人虽是道士出身，却放浪不羁，不图名利，与大哥倒是有几分相像。毒五精于制毒、布毒、传毒、解毒，为人却宽厚善良。最有趣的还数这黑六和黄七。黑六虽不会武功，大字不识几个，却有着非凡的语言天赋。各地的方言俚语，他一听就会，一学就像。时至今日，他已经掌握了数十处方言，南腔北调，令人赞叹。至于这黄七，则更是少见。他可与猫狗牛羊通言，且可互晓其觉，感同身受。我曾在街上观察过他数日，见到他与鸟雀、鸡鸭、猫狗皆可如同类一般玩耍嬉戏，性情天真烂漫，也是一个不可多得的罕见之才。"

木双声缓缓说道："虽说不调查各人的来历，不过以你的见识和眼光，想来把他们几个人的出身来历也看得八九不离十了吧。"

木小雨微笑不语。

木双声又道："好啊，有人帮手，总是好过自己单干。听你这一番介绍，想必你这几个门人还是可以在必要时助你一臂之力的。青河帮是个县城里的小帮派，本身不足为惧，只是这么样一个小帮派是绝没有能力独吞大明军的赈灾粮的，这你可想到了？"

木小雨点头道："正是。查出青河帮背后的势力方是我此次调查的目的。"

木双声说道："青河帮背后的势力，也许并不用花这么多时间去查。"

木小雨眉头一皱，问道："大哥何出此言？"

木双声拈起桌上的那支桃花，并未稍动，桃花竟自动四散飞起，如蝴蝶般掠过茶亭上的飞檐，飞到了对面山坡上宝山寺的门墙之上。木双声屈指一弹，桃花枝干平平飞出，中途陡然化作尘烟，消失于春日里的阳光之下。

他张口缓缓念道："野马也，尘埃也，生物之以息相吹也。"念完他端起酒碗，在木小雨疑惑的眼神下饮干了酒，这才淡淡地说道："江南行省里古徽州一带所有的小帮派，大半都在木人相的控制之下。多年前我外出执行宗家命令的时候，便已经发现了许多端倪。如今木人相执掌木家，大权在握，更是肆无忌惮。类似青河帮这样的小门派，少则十余个，多则三十个，全部依附木家而活。"

木小雨听完沉默半晌，说道："这么说来，木人相靠着这些各地的小帮派，侵吞了不计其数的赈灾钱粮了。可他又是如何与大明军有了暗中的来往呢？"

木双声说道："此事要追溯到十年前的琥珀一战了，说来话长，我不太想提，我们拣重要的说。你六年前负气出走，与你父断绝关系，是缘于你气不过木人相之子木池雄小人得志，当着你面诋毁你父亲的名誉，出重手把木池雄打成废人。你父知晓此事后，重重责罚了你，把你倒吊在悬梁之下，还要废了你的武功。是不是？"

木小雨冷冷地回道："是。"

木双声长叹一声，说道："你父实是知道了木人相与大明军内阁高官已经攀上了关系，生怕木人相借此事发难，故才欲对你下此重手，好保你一条性命。好在刘客幽从应天府发来密函，并请了徐大将军出面保你，这才平息了木人相的复仇之火。木人相与你父一样，膝下只有一名独子，这下木池雄成了废人，木人相后继无人，怎能不心生怨恨，故你父当初之举实属无奈，你也莫要再怪他了。"

木小雨沉默不言，木双声深深地看了他一眼，说道："你们父子俩，都是一样的倔脾气。"

木小雨说道："六年不见，我倒是想我那盲叔叔了。我木小雨一身技艺没有半分来自于他木郁陶，却是我盲叔叔一手调教而成，我当想办法与我那盲叔叔见一面。"他直呼其父姓名，毫不避讳，可见心中并没有放下当年的怨气。

木双声笑道："你那盲叔叔整日在烟墩小筑里，你怎么见他？怎么见想来都绕不开你父哦。"

木小雨岔开话题道："大哥近来武道可有进益？小雨久未向大哥请教武学心得了。"

木双声洒然一笑，说道："武学之道，如人饮水，冷暖自知。向人请教不如自

己参悟，自己参悟不如悟来参你，何时但觉眼前一片光明，所有疑难犹如拨云见日，不攻自破，才真正是进入了自己的武学之道。"

木小雨神色一肃，问道："大哥已入道境？"

木双声神情淡然，缓缓道来："道境漫长，我也只不过是刚刚在其中摸索。这条路中已有大成之辈，多的不说，西南面早有蜀中唐门的唐白木一骑绝尘，东南面则有应天府里的刘客幽与左丘飞鸿平分天下。苏州府里三大世家之首、迟家家主迟重彻，以及雄踞边塞，万夫莫敌的燕云教教主燕胡桑，都是在武学道境里顶尖的人物。至于天下第一剑客——'断空'关墨，"说到这里，木双声似是回忆起了久远的往事，有些出神。少顷，他回过神来，悠悠说道，"多年前在北方，我曾有幸亲眼目睹关墨出手，以一柄凡铁之剑，斩断当时武林第一剑客原翰宗的佩剑，使得原翰宗引颈自戮。如今想来，依然是历历在目，不寒而栗。"

木小雨说道："孔夫子有云，闻道有先后，术业有专攻，故弟子不必不如师，师也不必贤于弟子。此话之意即是，入道虽有先后，但全凭个人悟性与秉赋，未见得先入道者便强于后入道者。大哥虽迟于他们，未见得便不能与他们一较短长。"

木双声淡淡笑道："江湖人习武论道，多半用于较技，此我所不喜也。武道之途自有迷人之处，个中愉悦精微，不足为外人道也。假以时日，若能有机会，我倒宁愿与关墨或者左丘坐而论道，交换心得体会，一窥武学至境。"

二人正在闲聊，忽有小童前来向木双声禀报，说门外有一位姑娘求见，自称是"一剑钟情"莫去玉的徒弟。

木双声"咦"了一声，道："奇怪，莫去玉的徒弟来找我干什么？"

童子应道："小子看那姐姐是带着剑来的，想必是要和先生比试比试吧。"

木双声笑道："毫无瓜葛，何来比试？还不放过一个隐居的散人么？不见不见，你去回了那姑娘吧，就说我正闭关悟道，恕不见客。"童子领命而去。

木小雨说道："我已祭拜了家母，也见过了大哥，饮过了大哥的桂花酒，也该离去了。宗门里的兄弟们还在等着我。"

木双声说道："你要走我不拦你，只是你现在知道了在青河帮背后撑腰的人就是木人相，你还准备把这件事一直管下去么？"

木小雨正色道："自然要管下去，还一定要管个水落石出。"

木双声点了点头，说道："随心而动，你算是我们木家这一辈里面最能成事的了。如果一定要管下去，你得明白你将会面临多么巨大的危险，而你的门人也会与你一道面对这些险境。这其中的利害关系，你自己去琢磨吧。明年清明若有空闲，再来我这里喝一碗桂花酒。"

木小雨躬身应道："是。小弟告辞，大哥保重。"

有童子引路，送木小雨到宅院大门之外。童子对木小雨说道："雨少爷有空多来看看我家主人，主人近日来常独自坐在茶亭上呆呆出神，想是心情不好。今日雨少爷来，他难得如此有兴致。"

木小雨不禁仔细看了看眼前这垂髫小童，见他长得乖巧，尤其一双大眼睛灵动有神。他忍不住问道："依你之见，你家主人在那亭子上会想些什么呢？"

童子把身子凑过去，神秘兮兮又特别认真地对他说道："我看他八成是想从亭子上跳下去！"

木小雨忍不住哈哈一笑，拍了拍童子的头。童子眼前一花，只听见衣袂破空声远去，身前早已没有了木小雨的身影。

童子吐了吐舌头，自言自语道："岁数小总难免被人摸头，被姐姐摸完又被哥哥摸，摸完姐姐飞走了哥哥也飞走了。咦？难不成我这头还能让人飞不成？"

木小雨行至半山，天上忽而下起了小雨。清明时节雨纷纷，他想起木双声方才对他说起的话，心中有些恻然。十年前琥珀一战，他未及弱冠，虽然一身武功在江南年轻一辈中已无敌手，可木郁陶并未带他同行。他事先曾多次向木郁陶表示要为宗家出力，木郁陶念他年岁尚轻，并未答应。

　　十余年前，徽州木家雄踞安庆府，势力遍布古徽州及河南行省一带，垄断了所有印染、漕运、布匹、制造、畜牧、养殖、马匹等生意，富甲一方，睥睨江南。后来随着大明军风头渐起，明军内部核心人物纷纷培植自己在江湖中的势力。为首的当属统管所有文治内务的李善长以及掌管大将军金印、征战沙场的徐达。二人本同仇敌忾，兄弟情谊，后因深陷权利漩涡，逐渐成了对立之势。徐达本武将出身，率先招募江湖中能人异士，纳入自己帐下组成武者幕僚团。李善长也不甘示弱，并领悟了"有些事情还是要依靠军政之外的另一股力量去做得好"这样的道理，也在应天府培植了自己的直属派系飞鸿会。朱元璋身侧二位文武重臣如此行事，其它将领、官员也纷纷效仿。凤阳府怀远县出身的常遇春本是盗贼，跟随朱元璋后屡立战功，威名赫赫，深受朱元璋器重，被封副将军，常伴徐达左右。

　　常遇春深谙徐达与李善长明争暗斗，他为人机敏，善于揣度形势。见天下大乱，北有元军虎视眈眈，南还有陈友谅欲一决雌雄，他明白此时为乱世，正是在江湖中种下自己亲信势力的最好时机。于是他看准机会，在武林里开始埋下自己的棋子。

　　琥珀山庄便是在此时崛起的一股势力。它如旋风一般广植分舵，拔掉了不少木家在河南行省的分支，独自坐大之余，更是意图向徽州扩张，侵占木家的版图。

　　木家岂能坐视琥珀山庄如此明目张胆地挑衅。双方经过多次小规模的交手，互有损伤，谁也没有占到什么便宜。木郁陶当年正值巅峰，雄心壮志，意欲盖过有百年威名的江南三大世家以及西湖蓝家，决不能容忍短短数年间崛起的琥珀山庄阻挡木家的野心。于是木郁陶运筹帷幄，派木人相率领木家大部分精锐和琥珀山庄在庐阳决一死战，引开了琥珀山庄几乎所有的武力，自己则带着刘客幽、木双声和十几名精挑细选的木家死士直扑位于庐江的琥珀山庄。

　　琥珀山庄庄主周梦朝，人称"庐江王"，无人知道他的师承来历，只知他一身惊人武学造诣打遍了西南和中原半壁，所向披靡。即便当年在元大都嚣张跋扈的逐鹿帮供奉恩和森，在他手下也走不了三招便泣血身亡。逐鹿帮帮主乌鲁特盛怒之下亲自追至庐江，与周梦朝一会后竟然无功而返，自此再也不提恩和森的事了。

木郁陶亲身赴险，琥珀山庄守卫猝不及防，加上人手不足，很快就被木家众人击溃。攻至山庄内院，触动了周梦朝手下"琴棋书画"四大绝世高手，出而迎击。刘客幽、木双声与十余名木家精锐死士接下了琴师、棋手、书生、画匠四人的攻击，木郁陶却直入山庄内堂，独自与周梦朝决战。

琥珀一战惊动了朝野，有好事的史官将这一战记载在自己编纂的野史之中，传之于世。刘客幽在琥珀山庄神乎其技，以墨剑纸刀独自对战棋手与书生，并将二人斩杀于身前。木双声和十余名死士鏖战琴师与画匠，死士无一人幸存，尽皆倒在了琴师的大音希声与画匠的点睛妙笔之下。不过琴师与画匠也被死士不顾性命地反扑击伤，二人且战且退，在木双声的强攻之下退入内堂，意欲保护周梦朝。

周梦朝与木郁陶这一战亦被武林中多事的肤浅之徒记于江湖册，并排上了名次。二人交手时劲力纵横，堂中木柱横梁被劲气侵蚀，竟支持不住，大屋摇摇欲倒。琴师与画匠进入内堂时，大屋正在垮塌。木双声临危不乱，及时将木郁陶拉出堂外，眼见着整幢雄伟如宫殿的琥珀大堂就在身后化为残垣断瓦。

事后木郁陶命木家人去翻开废墟，寻找周梦朝与琴师、画匠的尸身，却一无所获。然而琥珀山庄的覆灭触怒了常遇春，他在庐江布下的这一枚棋子是他极为看重的一环，如今却断送在了木郁陶的手中。盛怒之下，常遇春欲领兵剿灭木家，幸而刘客幽此时已入徐达帐下，他恳请徐达出面相救。徐达虽是大将军，可也要依仗常遇春为他出生入死，攻克元军与陈友谅，此事他也不愿特别偏颇。故徐达与常遇春说，灭门不必，但木郁陶要卸下家主之位，不再参与木家任何事务，归隐山林。且木家要赔偿琥珀山庄的损失，由常遇春代收银两。这样一来，等于是给了常遇春面子，又得了金银的好处。常遇春见徐达出面，自己也不好拒绝，也就如此罢了。

木小雨在烟墩的绵绵细雨中想起了这些往事，不禁有些唏嘘。他本是木家家主的独子，有朝一日也有望名正言顺地成为木家的家主，岂料天不遂人愿，他眼见着自己的父亲黯然离开，木人相被木家老一辈选为继任的家主。木郁陶归隐之后，木小雨的母亲也天不假年，郁郁而逝。其时木人相在木家清除异己，嚣张跋扈。本来见了自己连头也不敢抬的木池雄竟然也在自己面前没大没小起来。他心高气傲，何曾受过这样的窝囊气，与木池雄争执起来，失手将木池雄打成了残废。

木人相嘴上不说，可心里一定恨他恨到了极致。木郁陶执行家法，将木小雨打得奄奄一息，并要动手废了他的武功。多亏盲老者与木双声为木小雨求情，拖延了木郁陶几日，刘客幽又送来密信，示意此事就此算了，只要木小雨随父一同归隐烟墩小筑，不再参与木家任何事务便可。

木小雨一路疾行，身上衣物却分毫未湿，头脸上亦是干燥无比。他心中有些犹豫，隐隐中觉得自己此行南陵，名义上是为了祭拜自己的亡母，而实际上却不知不觉中有着回一趟烟墩小筑的隐秘打算。这想法藏得如此之深，一开始连他自己都不能相信，觉得过于荒唐。自己六年前与木郁陶那样恩断义绝，差点拔剑相向，如今却有了没来由的那一点点惦念和追悔，所为何由？今日在"韵无穷"里见到木双声自是十分欢喜，然而木双声身上是不是有着那一些些关于自己父亲的影子？自己是不是期待从木双声口中听到关于自己父亲的一些些消息？自己又是不是觉得，走近了一个自己多年来未亲近的至亲之人，也就意味着和自己的父亲走近了那么一点点？

木小雨想到这里，不禁苦笑了一下，暗忖这许多年来的修炼，还是未能做到坦承于己。这是练武之人的大忌。他想到很多年前木郁陶严肃地对自己阐述武学之道的时候，曾经叮嘱过自己，切忌于己于心不实，虚伪从心，则武道不彰。

他的嘴角刚刚升起一抹微笑，突然脚步一停，身形瞬时间定在了原处。只见身前三丈外的一株老树之后，绕出来一个黄衣女子。此女手中执着一柄长剑，一双如剪春水的眼睛深深地看着木小雨，拱手问道："敢问阁下是不是木双声？"

木小雨不答反问："你找木双声做什么？"

黄衣女子说道："我见你从'韵无穷'里出来，一路跟到此处。你身法太快，到此处我才追上。阁下若是木双声，请不吝赐教武道之学，小女子不胜感激。"

　　木小雨恍然道："哦，原来你就是那个在门外求见的莫去玉的徒弟。"

　　黄衣女子说道："正是，在下卢曾嬷，昨日刚拜会过木郁陶老前辈，今日特来拜会双声先生。久闻双声先生以声韵入武道，惊才绝艳，乃武道奇人，今日凑巧，还望可以不吝赐教一二。"

　　木小雨笑道："我不是木双声，你找错人了，告辞。"

　　他转身想走，突然一柄长剑横在自己胸前，卢曾嬷右手执剑，长剑已然出鞘。卢曾嬷说道："高手切磋，一招半式便可得其意，耽误不了先生多少工夫。"

　　木小雨笑道："真的木双声还坐在'韵无穷'里喝着桂花米酒，我一个被人逼着切磋的假木双声居然有口难辩，姑娘委实是冰雪聪明，机灵跳脱得很啊！"

　　卢曾嬷听出他言语中的讥讽之意，却毫不动气，淡然说道："是真是假，一试便知。"

　　她长剑一收，竟然一剑朝着自己刺去。木小雨微微一怔，正待出手阻拦，忽然惊觉眼前景象似水月镜花，弹指间模糊消散。背后却有剑气如虹，他反首一看，卢曾嬷的那一柄长剑像是刺破了光阴与距离，就这样无法无天地袭来，将他身周所有退路全部封死。

　　木小雨手里多了一支画笔。他反手挥出了自己的笔，像是往画纸上涂上了一笔枯墨。卢曾嬷顿觉自身所处之大千世界薄如宣纸，木小雨一笔点来，自己眼前所见皆起皱飘荡，自己雷霆万钧、势在必杀的一剑竟轻灵地似一张白纸上小童儿戏般地胡抹乱画。

　　剑与笔交击。

　　木小雨眼前有无数裂缝碎开，他目力所及，这世间恍如五光十色的琉璃空花，璀璨至极，一时间竟忘记了自己所在何处，所为何事。卢曾嬷则倍感无稽、乏力。自己眼睁睁看着一支画笔把眼前的景象尽皆变成纸面，而那神来一笔在这纸面上极尽铁画银钩之能事，卢曾嬷恍惚间觉得就连自己都是这一支妙笔画出来的人儿。

二人各自退开数步。木小雨赞道："好剑法！这一剑有什么名堂？"

卢曾嬷长剑一竖，傲然说道："这是我自创之剑，名为'我剑'。"

木小雨一凛，问道："'我剑'？怎么讲？"

卢曾嬷回道："剑有双锋，不伤人，则伤己。拔剑相向之前，便要有为玉碎之觉悟。"

木小雨复又赞道："好剑法！好一个'我剑'！"

卢曾嬷仔细地看着他，说道："你不是木双声。"

木小雨笑道："哦？我怎么又不是木双声了？"

卢曾嬷说道："木双声以声韵武道纵横江湖，从不用兵器。你这画笔一出，明显就不是他了。而江湖中以画笔作武器的高手嘛…"她似乎想起了什么，双眼中闪过一抹异色，接着说道，"应当便是木郁陶的独子，有'妙笔生花'之称的木氏双杰之一，与木双声齐名的木小雨了。"

木小雨微微一笑，忽然面色一肃，对着卢曾嬷身后说道："咦？大哥？你怎么来了？"

卢曾嬷急忙向身后看去，只见身后空无一人，连忙又转过头来，却见木小雨也不见了踪影。她长剑还鞘，并不动气，只是蹲下身查探了一下地上的鞋印，若有所思。

木小雨摆脱了卢曾嬷的纠缠，一路疾驰下山，到了镇上雇了一辆马车，径直便往南陵县城外的道观驶去。路途不近不远，到了道观也已经是傍晚了。木小雨进了道观，微微一惊，只见这本来破旧荒废的道观居然变得干净整洁，殿堂里还安置了桌椅，有些府院的意思。大殿中坐着数人，见他进来，几人急忙起身迎来，口中喊道："宗主回来了。"

木小雨见刀二、商三、道四等人都在，遂点了点头，问道："这道观是怎么回事？

怎么才两天没来，就变成如此模样了？"

道四笑道："我们都觉得这道观布局不错，小巧精致，用来作为我宗在南陵的驻地再合适不过了，于是就打扫了一下，置办了些家具摆设。宗主您看还行么？"

木小雨笑道："没想到各位素来四海为家、到处留情，今日居然也有了这份过家家酒的雅兴，委实令本宗主叹服。"

黄七插嘴道："宗主都说你们到处留情了，那看来三哥经常去软红楼是没跑的事了。"

商三脸红道："我可没钱去软红楼。宗主卖画的银子我可都上交宗主了，七弟莫要污蔑我。"

黄七说道："噢，那就有可能是宗主带着你一起去软红楼了！"

黑六一记势大力沉的"老树盘根"当即就把黄七锁住，黄七被缠得喘不上气来，一时间也说不出话。木小雨哈哈一笑，走进大堂里坐下，说道："老七所言极是，是我带他们去软红楼了。等老三再卖掉我一幅画，我再带你们去一趟，老七你也去。"

黄七吐出胸中一口浊气，声嘶力竭地回道："宗…宗…主…去…软…红…红…楼…能…不…能…只…只…吃…吃…饭？"

木小雨笑道："那可不行，老七你是新入宗的，按规矩得为你点一个软红楼的头牌花魁作入宗礼。"

黄七惊得眼珠子都瞪出来了，心想还有这么好的事。黑六连拖带拉地把他拉到后堂去了。

刀二近前俯身对木小雨说道："宗主，青河帮吞粮一事有眉目了。"随即把这几日发生的事情巨细无遗地向木小雨作了禀报，尤其着重地提到了折扇公子上手中折扇上画面落款的事情。

木小雨听完点头说道："木梁陈，木人相从其弟木宣离房中过继过来的儿子，以弥补其子木池雄残废后无子嗣接掌木人相家主之位的替身。手摇折扇，一副公子哥儿模样，确实就是木梁陈本人的特征了。看来这件事情还真的是与木家有关。"

刀二问道："那这件事情我们还要不要继续管下去？"

木小雨决然说道："当然要管！还要管得他木梁陈铩羽而归，木人相不得不把这批钱粮吐出来才行！"

道四赖赖地喃喃自语道："哎哟！躲着躲着这些大人物，没想到越想躲什么还越是来什么哟！"

木小雨微微笑道："整天想躲着别人可不行，老天往往不遂人愿。如果真的不想惹事，得让别人整天想躲着你才行哟！"

黄七这时候刚好从厢房里摆脱了黑六的擒拿跑到前厅来，听到木小雨这句话，忍不住说道："那得是要多惹人嫌哪！"

商三没憋住，"噗嗤"一下就笑了出来。木小雨伴装怒道："老七说话没大没小，该罚！罚你晚上给我们弄点野味来尝尝鲜。"

黄七苦着脸回道："宗主，我呼唤它们如同至交好友，让我以亲朋之心唤它们来作盘中餐，实属不忍。宗主想吃，就请给我点碎银子，我去县城里买只烧鸭来给宗主吃吧。"

木小雨正色道："老七你擅长与鸟兽为伍，天真烂漫，毫无城府，坦诚真挚，你若修习武道，想必可以达至前人从所未至之境吧。"

黄七应道："既然宗主这么说了，那我不妨明日便开始练武。只是我不识字，我得先去学几个字再来研究那武学秘籍吧。嗯，此法可行。黄七去认字了，烧鸭没工夫给宗主买了，县城里街上那铺子…"他话音未落，黑六从背后一记锁喉，勒得他印堂发黑，又把他搜到后面去了。

木小雨对刀二、道四、毒五说道："你们准备准备，明日我们去找那个折扇公子木梁陈。"

道四问道："可我们上哪儿找去呢？"

　　木小雨笑道："木梁陈此行南陵不会仅仅为了青河帮的事，此人貌似浮躁，其实行事谨慎细腻，城府极深，否则木人相也不会选中他作为自己的继子。今日他与你们三人一会，最终还是因为没有十足的把握能拿住你们而罢手，可见其行事沉稳多心。南陵有大明军的驻军，我想木梁陈此行十有八九是与南陵驻军有关。你我只需守在驻军入口处，必能发现木梁陈一行的踪迹。"

第四章 以武破障

南陵驻军不在城外，而是把南陵县城内一座钟鼓楼作为临时据点，在楼外搭起了数十个军营大帐，屯兵于县城中心。军营入口处有兵丁守卫，禁止闲杂人等进入。

道四与毒五乔装成两个在县城里晃荡的灾民，换了一身破烂不堪的脏衣服，又用泥土抹花了脸，围着这钟鼓楼来来回回地已经走了十七八圈了，依然没有发现半点木梁陈一行人的影子。

毒五小声对道四说道："四哥，我们是不是应该一直盯着这钟鼓楼的出入口？否则这木梁陈出入的时候你我正好走到了这楼的背面，岂不是错失良机？"

道四回道："你放心。宗主带着刀二哥正在某个地方盯着呢，咱俩只要围着这钟鼓楼绕圈就行。"

毒五问道："我倒是不明白宗主为何要把我们分成两拨人马。一起盯着这兵营的出入口不好么？"

道四笑道："宗主此举，一是为了避人耳目。四个人聚在一起容易引起别人的关注，两两成双比较自然。二是将整体战力分开，一旦遇敌，可以令敌人错估形势，败在起始。而分开的两队互相之间还可以在短时间内彼此增援，打敌人一个措手不及。"

毒五想了想，叹了口气，说道："复杂，太复杂了。我果然不适合闯荡江湖，还是我那毒花毒草毒蘑菇的比较简单。"

道四笑道："可惜朝廷里没有博学鸿毒科，否则你毒老五一定金榜题名，成为美谈佳话。"

毒五正色道："四哥所言，未尝不是一个思路。用毒、解毒、传毒之道，暗合天地至理，并不在儒、释、道三家之下。鸿蒙起源，华夏尚推崇巫术之时，毒之一道已在部族间推广流传。故毒之一脉，还在那圣人之前，比之相传最古老的那两个行业——杀手和妓女，毒巫一行更是早了不知道多少岁月矣。"

道四说道："捧你两句，你还真就往自己脸上贴金了。好，那我就再说几句难听的。你们这些使毒的，现在在武林中是人人灭之而后快。五年前江湖中掀起灭毒之大势头，不仅万毒门、夜毒教、毒领风骚会这些小势力被连根拔起，就连'孰毒唐尸三百手'这样庞然大物一般的毒士同盟亦被覆灭。你看看你，现在还能做什么呢？也就是每天泡点毒花毒草的毒酒聊以养生健体罢了。"

毒五轻声叹道："唉！惭愧，惭愧！我若不入云游画宗，想来也就只能在街头摆摊卖一卖壮阳药酒了。"

道四抚掌笑道："原来你还藏着这一手？别吝啬，有壮阳酒这么好的东西要拿出来孝敬孝敬你上了年纪的哥哥们。"

二人正有一搭没一搭地闲聊着，忽然瞥见从东首行来一顶轿子。轿子看上去很朴素，普通的蓝色镶花布帘，四个抬轿的轿夫。轿子旁边跟着一位盘髻肃然的道士，一身白色的道袍，远看竟不能凝视，看久了这道士居然会令人有头晕眼花之感。这一道一轿款款地行到兵营入口处停下。轿中人递出一块令牌，守卫的兵士拿着令牌入内禀报。不多久便飞奔而出，侧身侍立。一道一轿便缓缓地进了军营大帐。

毒五看着有些奇怪，转头正要和道四讨论两句，却见道四两眼发直，浑身筛子一般抖个不停，口中还喃喃自语："怎么会是他？他怎么会来这里？不可能，不可能的…"

毒五知他平日里素来吊儿郎当，万事从不上心，不禁心中好奇，问道："四哥，你认识他们？"

道四慢慢回过神来，表情变得十分古怪。他对毒五急声说道："快，快通知宗主。"

毒五见他慌张，也不敢怠慢，急忙用手指弹出一蓬粉末。片刻后，从东北方向传来一股只有毒五可以闻见的气味，毒五循味而行，很快便在一处无人的巷弄里见到了木小雨和刀二。

木小雨问道："可是发现了木梁陈的踪迹？"

毒五把方才所见细节向木小雨描述了一遍，木小雨看着道四，沉声说道："四弟缘何如此反应？"

道四咬了咬牙，说道："宗主，轿子旁那个白衣道士非我等可以力敌。如果连他也参与了木家这些事情，我怕 …"

木小雨双目如电，盯着道四，缓缓说道："你怕什么？"

道四看了一眼木小雨，断然答道："我怕我们都不能活着离开南陵！"

木小雨沉吟片刻，问道："那道士是谁？"

道四此时已放下心中包袱，坦然说道："想必宗主一定听说过正一道张仲纪张天师。"

木小雨点头说道："没错，张仲纪道号冲虚子，已掌教正一道派多年，通晓正一道法，且道武双修，一身武学修养深不可测。据说数年前已与大明军中某位内阁大臣结识，正式成为大明军的护军神武天师了。"

道四说道："正是。张天师座下设有赞教、掌书两脉，道徒兴旺。赞教一脉主管道教典礼、祭祀、节庆，上设有赞教使。掌书一脉主管道藏教授、宣读、经筵，其中道经武学典籍也全部由掌书系管理，上设有掌书使。掌书使精研道藏典籍，武功之高，据说直追张天师。道四曾有幸目睹掌书使出手，惊为天人。今日这白衣道士，便正是掌书使本人。"

木小雨若有所思，说道："原来如此，四弟所言有理，想必这掌书使一定是武功高绝，否则四弟也不至于心生退意。只是宗主我一直都是一个不服输的人，尽管你把他说得势不可挡，但也勾起了我对他的兴趣。哈哈，事情倒是变得越来越有趣了呢。”

道四急道：“宗主，道四所言非虚。实不相瞒，道四曾经是正一道掌书一脉中的道武士，因厌倦了正一道中的浮华功利之气，才决然叛教，隐姓埋名。道四实是为了宗主和宗门里各位兄弟的安危着想才吐露真言，还望宗主三思。”

木小雨望了望刀二，问道：“你相信他说的话么？”刀二点头。木小雨又问毒五：“你相信他说的话么？”毒五也点了点头。木小雨转而对道四笑道：“我们都相信你所言非虚，只是我们都不会因为一个掌书使便退缩不前。不信的话，你可以问问他们。”

道四看向刀二，只见刀二双眼毫无惧色。道四又望向毒五，毒五也是一脸满不在乎的神情。道四又看向木小雨，木小雨如一个怎么看也看不透的深渊，微笑中透显出一股说不出的自信。道四不自觉地平复了心情，深感刚才的自己有些冒失了。

木小雨又道：“四弟，你为了我们的安危，不惜吐露自己的真实来历，足以令我们感动。不过，切不要因为一个掌书使便乱了阵脚。他们与木梁陈以及木家的关系究竟如何还不明了，先不要急着下结论，观察一下再说也不迟。”

道四愧道：“是。是道四鲁莽慌张了。”

木小雨神色一肃，疑道：“掌书使明显是护着轿子里的人而来。谁有如此身份，可以让掌书使充当护卫呢？又是谁可以凭着一个令牌而通行明军军营大帐呢？”

中军大帐里灯火通明，有十余名随军参将侧立两旁。那一抬四人布轿停在了大帐的中心。白衣道士上前去掀开布帘，一个器宇轩昂的中年壮汉从轿中走了出来，对着两边的参将微微点头，朗声说道：“列位不必多礼，坐下说话。”

领头的参将躬身回道：“多谢将军。”众人在帐中坐下。此时从帐外走进来两个人，

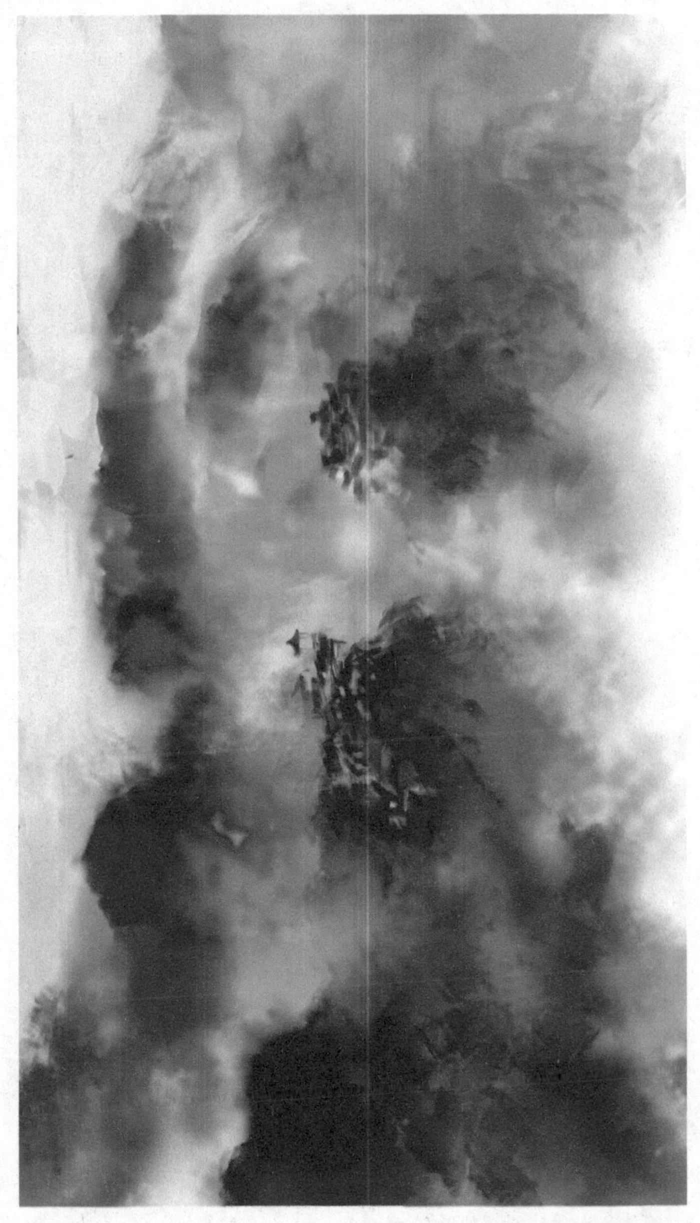

一人五十上下，锦衣华服，一看便是大户人家。他身后跟着一个摇着折扇的年轻公子，竟然就是那在青河帮与刀二等人会面的木梁陈。

二人进了大帐，走到中年壮汉身前，施了一礼。中年华服男子说道："得知将军传召，昨日人相与小犬就已赶赴南陵等候。不知将军有何事吩咐，尽管示下，人相无不照办。"

这个锦衣华服的中年男子，竟然便是徽州木家家主木人相。

将军笑道："木家主真是客气，本将深感荣幸。此行一来是与木家主见个面，虽然木家已为本将办了不少差事，可本将与木家主尚无一面之缘，这怎么也说不过去吧。今日相见，木家主果然宗主风范，令郎也是锦绣才华，本将甚是欣慰。"

木人相抱拳躬身，沉声说道："甘愿为将军效犬马之劳。"

将军哈哈一笑，突然正色道："听说木家主此行还有周先生一行人，不知周先生此刻是否也在营中？"

木人相回道："启禀将军，周先生说他不习惯军营中的气氛，便不入营了。人相已将周先生等人安置在城东的'紫气阁'。周先生说，待将军军中事了，不妨移步城东与他一见。"

军中参军怒道："放肆！谁人如此大胆？敢让将军去见他？有几个脑袋？"

将军挥手笑道："罢了！周先生是非常人，见非常人自然是有非常人的路数。寻常世俗礼法可不能用在周先生的身上。"他转而对木人相说道，"木家主可以先行退下了，待本将此处事了，自会去城东'紫气阁'拜会周先生，木家主与木家公子可以作陪。"

木人相与木梁陈再施一礼，口称告辞，转身退出了大帐。

行至军营外围，木梁陈小声对木人相说道："父亲，看来将军对周先生的器重，还是要远远胜过对我木家。"

木人相微微一笑，说道："周先生已是强弩之末，风光不了太久。吾儿放心，为父已经谋划好了全盘的计策，将军以后在徽州地界，也只能仰仗我们徽州木家才行了。"

木梁陈折扇轻挥，展颜笑道："父亲大人算无遗策，儿真是钦佩万分。"

二人走出兵营，往城东方向行去。木人相对木梁陈说道："昨日在青河帮遇到的那三个人，可查出什么眉目了？"

木梁陈回道："据青河帮的人说，他们是一个叫云游画宗的小门派，宗门里算上宗主也只有七个人。城外有个荒废的道观，他们就住在那道观里。不过昨日孩儿与那三人见了面，与其中一个还过了一招，孩儿觉得他们不像是那种小门派里的江湖混混。周先生那位义子当时也在场，他说与他对峙的刀客刀意不凡，不似是没有名号的人。与孩儿过招的那位则浑身是毒，看上去似乎也是五年前江湖中那场灭毒行动的残余分子。孩儿衡量了一下，我方三人虽强于对方，可难保万无一失，便没有强行发难。父亲放心，待此间事了，将军返程，孩儿会安排妥当人物去城外道观灭了这个小小的宗门。"

木人相点头道："你做得对。此行以面见将军为主，不要节外生枝。青河帮的帮主，死了就死了，没什么大不了，日后再安排一个就是了。不过胆敢破坏我们好事的人，无论是谁，都不能放过。待将军走了，一定要把这件事情处理好。"

木梁陈摇着折扇笑道："可笑这小小的云游画宗，还不知道自己惹上了不该惹的人物啊。"

这父子二人脚程极快，两炷香的工夫便来到了紫气阁。二人走进紫气阁的大门，自有下人将大门掩上。木人相问道："周先生与谢师可在院子里饮茶抚琴呢？"

下人回道："启禀老爷，周先生在房中与刘公子谈话，谢师刚才出去了，说去寻一个人。"

木人相点了点头，来到中堂坐下，叫下人去请周先生。少顷，下人带着一个背刀的年轻人来到中堂。背刀年轻人对木人相一拱手，说道："义父身体不适，正在房间里歇息。木家主有什么话可以对我说，我当转告义父。”

木人相宽容地说道：“周先生一路上舟车劳顿，确实辛苦了。我只是想知会一声周先生，常将军已亲临南陵，待军中事了，便会来紫气阁面见周先生。”

背刀年轻人一躬身，转身回去了。木梁陈“哼”了一声，对木人相说道：“父亲，就连这小子都是如此没规矩！”

木人相笑道：“咱们还用得着他们，不至于和他们置气。能伸能缩，才能做大事，梁陈，你可记住了。”

木梁陈正色道：“是。孩儿谨记父亲教诲。”

约摸一个时辰之后，那顶素朴的蓝布轿子便来到了紫气阁的院子里。常将军龙行虎步，走进紫气阁的中堂坐下饮茶，白衣道士侍立在后。木人相派下人去请周先生，可下人慌慌张张地跑来回报说，周先生只请将军一人进屋见面。木人相面色一沉，正待发作，可常将军哈哈笑道：“来都来了，还在乎多走几步路吗？你们引路，本将去周先生的房间一叙。”

木人相亲自带着常将军来到周先生的房门前，只见那个背刀的年轻人正站在门外。常将军推门而入，白衣道士尾随其后也想进入，背刀的年轻人却伸手一拦，说道：“周先生只见将军一人。”

白衣道士眼中杀气一闪，悠悠说道：“江湖上还没有人敢这么跟我说话。”

背刀的年轻人说道：“我不算是个江湖人，我只是我义父的义子而已。”

白衣道士忽然张口一吸，犹如长鲸吸水。年轻人背后的长刀竟“敕嘟”一声自行脱鞘飞出。年轻人吃了一惊，伸出右手意欲握住刀柄，此刻白衣道士反咂唇一呼，将胸中鲸吞之气瞬间吹出，长刀在空中一顿，闪电般地又“敕嘟”一声，不偏不倚地返回刀鞘。年轻人一掌握空，面色大变。

白衣道士缓缓说道：“刚才那一弹指间，我已能杀了你二次。”

这时候只听见房间里传来一个低沉而又疲倦的声音：“让他进来吧，你拦不住他。”

年轻人闻言，立即躬身后退。白衣道士看也不看他一眼，径直走入房内，年轻人从外面关上了门。

常将军在屋里的桌前坐下，对面正坐着一个满面倦容的中年男子，便是那周先生了。周先生面容看上去并不苍老，双眉极浓，可一头银白色的头发却似已岁入耄耋。常将军微笑说道：“多年未见，周先生却已面容如许，真叫本将难以释怀啊。”

周先生淡淡地说道：“将军军机繁重，多年戎马，如今还能记得周某，周某已经颇感释怀了。”

常将军双目如电，眉宇间自有一股威严。他哈哈一笑，说道：“周先生这么说，看来还是对本将心有怨恨啊。”

周先生说道：“不敢。周某只是大仇未报，对仇敌心有怨恨罢了。”

常将军说道：“我早已送来密函，允诺周先生可以带着门人入我帐下，作为本将的武者幕僚团首座。周先生为何不答应呢？”

周先生说道：“常将军常年在徐大将军左右，而那徐大将军却收了刘客幽作其臂膀。在下又怎可与那刘客幽同处一军之中？去了也只是给常将军添乱，徒增烦恼而已。”

常将军叹道：“当年徐大将军出面说情，我又怎能不允？我以为周先生已不幸战死，岂料周先生大难不死，还与这木家有了渊源。若非周先生的书信，本将岂会与木家有这些过从？这都是念在当年的旧情。”

周先生说道：“常将军，周某今日倒是有一事相求。”

常将军说道：“周先生请说。”

周先生说道：“木人相已将木郁陶隐居之地透露于我，我只请常将军下令封锁这南陵周边的邮驿要道，不让木郁陶一方的书信流入应天府，这样一来刘客幽与徐大将军便不会得到这里的消息。”

常将军眼中精芒一闪，沉声说道："你要去杀了木郁陶？"

周先生回道："木郁陶与刘客幽当年杀我手足，周某不敢忘。如今刘客幽身伴军威，且一身艺业已然难觅敌手，想找他复仇无异于痴人说梦。周某只能尽吾所能，向木郁陶讨个公道了。"

常将军沉吟半晌，说道："好！本将便应了你这请求。只是此事无论成与不成，都与本将没有半分干系，周先生今后便好自为之了。"

周先生起身向常将军躬身行礼，说道："多谢常将军。"

常将军叹道："梦朝啊梦朝，你我缘分已尽，今日便是永决了。"

周梦朝应道："聚散有时，将军保重。"

常将军起身出门，白衣道士紧随其后。二人未再与旁人多言，径直乘轿离去了。

一道一轿出了紫气阁的大门，往钟鼓楼方向去的时候，木小雨、刀二、道四、毒五正在不远处注视着他们。

木小雨突然小声唤道："道四。"

道四面容一紧，知道木小雨有要事吩咐，急忙应道："属下在。"

木小雨说道："你可知心魔该当如何化解？"

道四一滞，面现难色，回道："当直面症结，以大无畏力杖杀之。"

木小雨缓缓点头道："不错。既然掌书使已成你心魔，你当如何面对？"

道四神色决绝，笃定言断："我当忘却生死，以武破障。"

木小雨面露赞色，说道："说得好！而今掌书使就在眼前，你还在等什么？"

道四躬身一揖，说道："道四去了，多谢宗主开解心魔。"说完一跃而起，衣袂当风，直追那顶蓝布轿子。

刀二说道："宗主，道四一人怕是凶险。"

木小雨悠悠说道："道四并非一人，他还有我们。"

一道一轿行在途中，前方忽然出现了一个身穿灰布道袍的人。轿子继续前行，丝毫没有停下来的意思。来人对着白衣道士深深一揖，朗声说道："参见掌书使大人。"

掌书使问道："你怎知我身份？"

来者曰："在下曾为正一道掌书系上清阁护阁道武士，后离教隐遁，现自称道四。"

掌书使道："原来是叛教之徒。你可知我正一道掌书系如何处罚叛教之人？"

道四回道："不敢不知。天尊有好生之德，三清亦对众生慈悲。掌书系只是废去叛教道徒武功，并不取其性命。"

掌书使说道："不错。既然你如此坦诚，今日我便赐你自废武功之权。"

道四说道："多谢掌书使恩赐。只是今日道四前来拜见掌书使并非是为了废去平生所学。"

掌书使道："那你是为何？"

道四抬起头来看着掌书使的眼睛，坚定地说道："道四今日只为与掌书使切磋一二。"

掌书使不怒反笑，说道："好一个不知死活的叛徒。今日你若能接我三招不死，我就不再追究你叛教之事。"

道四站直了身体。他知道接下来的战斗会是他平生最为惨烈的一战，也会是他突破自己极限，将自己的武学领悟推演到另一个境界的一战。道四觉得久已没有燃烧过的斗志又在自己的身体里熊熊燃烧起来，他委实是浪荡放纵了太久了。

道四心中已毫无惧意，他蹿身而上，瞬间攻出三招，面对掌书使，道四再无任何隐藏，一出手就是自己以命相搏时的毕生武学融汇。三招里包含有拳、掌、指、腿、擒拿、摔法、身步，招数之精妙，出手之稳准狠快，劲力之收放自如，即便放眼天下任何百年宗门内的高徒之林也不过如此了。

掌书使动也未动，双目精芒一闪，大喝一声："退下！"

道四如中锤击，口喷鲜血，颓然飞退。掌书使正欲追击杀之，突觉头顶一片漆黑，仰头一看，只见一人自空中洒下一片黑色毒雾，范围之大，竟要将蓝布轿子也一并笼罩其中。掌书使心中一凛，蓦地从口中吹出一阵飓风，毒雾被这阵狂风吹袭，非但无法落下，反而被吹得七零八落，四散一空。

黑云消逝，天光又现。掌书使一步迈出，已站在软倒在地的道四身前。掌书使待举掌诛杀其于当下，却见刀光一闪，刀二的刀已在其眼前。掌书使大袖一拂，长刀砍在衣袖上，如击金铁，星火四溅。刀二手臂巨震，长刀脱手飞出，他临危不乱，伏地扶起道四，后退五丈，拾起掉落在地的长刀。刀二后退之时，毒五已趋至掌书使身侧，一身毒气如烟粉外衣，膨大无比。他十指连弹，刹那间在掌书使身上布下了十八种剧毒。得手之后急忙后撤，双手连挥，在他与掌书使之间亦布下了重重毒网。

毒五这一下连环施为，已然尽了全力。即便是当年"孰毒唐尸三百手"中的毒道大家，面对这密不透风般地剧毒攻击，也是挑不出任何破绽。毒五心中稍稍松懈，蓦然间毒气乱涌，一只大手从毒烟里伸出，正好来到毒五身前，一指便点在了毒五的左肩之上。毒五如被奔马迎面撞中，扯线木偶般地横飞出去。只见场中毒气肃清，掌书使一身白衣屹立，身周罡气护体，毒烟遇之即散。

他心中杀意正盛，看见道四与刀二在不远处调息，一步跃过，身在半空直如仙魔。

空中忽然迎来了一支画笔。画笔长五寸一分，笔身以精铁打造，尾部有名师以细纹小篆镌刻四字为笔名：妙笔生花。

妙笔生花，不羡仙佛。

这一笔横来，掌书使挥掌格挡，身形一滞。笔意不灭，突如狂草惊蛇，字走龙虎，连攻七式。掌书使身形不动，双袖连挥，接了这七式，忽然朗声说道："笔意不俗，只可惜笔力不足，尤可破之。"话音未落，只见掌书使身形一动，袍袖倒卷，如在山巅卷袖招云。画笔如遇力山气海，一时间节节后退。

刀二见木小雨连退，欲上前相助，突然听见身旁有一个曼妙女声说道："你带着伤者退下吧，我来会一会这个道士。"

木小雨游走于掌书使如云铁袖之间，偶尔趁隙反击，笔耕不辍。二人交手不过片刻，却已如一世相知。掌书使右手入怀，再伸出手时，手中已多了一本道经。他右手道经入战，木小雨全身一震，撤笔飞退。掌书使大步赶上，乘势追击，斜刺里一柄长剑却直入其中门。掌书使身形一闪，长剑倒转，持剑者自刺己身。掌书使不为所动，凝目注视，突持经格开身后来剑。经剑交击处无声无息，长剑撤回后方才有旋风四起，砖石崩裂。只听"砰"地一声，一股黑色毒烟罩住掌书使，待他运气震散烟雾之时，场中已然空无一人。

掌书使正欲追赶，只听轿中将军的声音传来："莫要再追了，先回军营大帐。"掌书使躬身领命，收起手中道经，随轿而去。

道四醒来之时，发现毒五还躺在自己身边的床上尚未醒转。他坐起身来，虽觉周身疼痛，但脏腑受创不重，并无大碍。倒是毒五被掌书使一指直接触身，怕是比自己伤得要重得多。他下床走到毒五床边，查探他的脉搏，发现毒五的脉搏稳健，并无散乱现象，才稍稍宽心。

道四回想与掌书使交手时之情景，实在是惊心动魄，命悬一线。若非毒五与刀二及时援手，自己恐怕一个照面之下就会死于掌书使之手。之后宗主与掌书使交战，又有那不知名的神秘女剑客出手相助，他们才能成功撤出。经此一役，他深刻体会到了自己与武林顶尖人物之间的差距，亦明白了恐惧若不克服，只怕终此一生也只能做一只井底之蛙罢了。

黑六与黄七此时正好走进房舍，看见道四醒来，黑六喜道："四哥！你醒了！可有什么不适？"

黄七在一边眼泪汪汪，泣声说道："唔…四哥…你可不能丢下我们啊…"

道四懒洋洋地笑道："七弟，我可还没死呢。"

黄七哭丧着脸道："没死我才说的，死了我说又有何用？唉！"

道四笑骂道："老六总是揍你，果真是情有可原。"

黑六给了黄七一拳，对道四说道："四哥，你好好养伤。想吃喝什么尽管吩咐，我让黄七给你去买。"

黄七闷闷不乐，喃喃自语道："哼！全都欺负我最小，将来如果再收一个新人，你们看我如何待他。"

道四与黑六对视一眼，齐声问道："你会如何待他？"

黄七冷笑一声，回道："你们看我如何爱他、疼他、怜惜他！"

道四："…"

黑六："…"

过了半晌，道四才咳嗽两声，说道："咳咳，未想到七弟居然还有如此癖好，委实令道四仰慕。"

黑六离开黄七身边两步，小心翼翼地说道："老七，以前六哥和你经常有肢体接触，你切莫乱想，我不是你想象中那样的。"

黄七一脸茫然，问道："什么癖好？我想象什么了？四哥、六哥，你们是怎么了？我只是说要把他当弟弟一样对待啊！"

这次轮到黑六一脸茫然地问道："弟弟？弟弟不是用来揍的么？"

黄七："…"

道四大笑道："好了，好了，你们两个还是出去吧。五弟还没醒，别让你们两个给吵醒了。去，去。"

黑六和黄七想想有理，便退了出去。道四在床上调息了片刻，真气在体内运行了两个周天，没有遇到什么阻滞，知道这伤过几日便可以痊愈，也安下心来，起身走到大殿中央。刀二与商三正坐在殿中说着些什么，见他出来，少不了关怀几句。

道四问道："宗主呢？"

商三回道："送你们回来之后，就和那个姑娘出去了。"

刀二说道："那女子剑术极精，若非她出手相助，我们想要脱困也是不易。"

道四说道："既然能在危急时刻出手相帮，可见与我们是友非敌。"

刀二沉声说道："只怕未必。我听见她与宗主说，她与宗主上次交手尚未分出胜负，出手相助是不愿意宗主折损在别人手上，影响了她与宗主之间的公平比试。"

道四奇道："比试？居然还有人找宗主比试？二哥可知她何门何派？"

刀二回道："回来时我听宗主提到，此女子是莫去玉的得意门生。"

道四又问道："莫去玉的徒弟，为什么要缠着宗主比试？"

刀二回道："这我就不知道了。"

商三抚掌笑道："男女之事，甚是奇妙。相爱相杀，莫非如此。"

道四听了后面露喜色，说道："三哥果真是过来人。宗主也即将步入而立之年，岁数不小了。等毒老五醒了，让他也为宗主酿一点壮阳药酒。"

商三眼睛一瞪，急忙问道："什么？五弟还会泡制壮阳药酒？那我可要先预定几坛！"

道四捻着下巴上的胡须，眯眼笑道："哎呀，这上了年级的哥哥们，果然是少不了毒老五这样有学问又有手艺的兄弟啊。"

道观外西首有一片竹林，竹林间一条曲径。幽寂深处，有一男一女二人，正是木小雨与卢曾嬷。

木小雨向卢曾嬷深深施了一礼，说道："感谢卢姑娘施以援手，在下感激不尽。"

卢曾嬷淡然说道："我只是来找你比试的，凑巧出手，无须挂怀。"

木小雨问道："敢问姑娘是如何找到在下的？"

卢曾嬷道："你当时使诈离去，我只好再折返'韵无穷'，求见木双声。木双声耐不过我在门外坚守，只得放我入内。我向他打听你的落脚处，他一开始并不准备告诉我。我又只好威胁他如果不告诉我，就赖在'韵无穷'里不走了，他这才告诉我你的据点。我独自赶到这处道观，只发现了商三他们几人。我向商三询问你在何处，他很热心地就告诉我了，并未有任何迟疑。于是我在钟鼓楼附近发现了你们的踪迹，一路跟着你们到了城东紫气阁外。"

木小雨苦笑道："原来是我大哥和三弟同时出卖了我，有兄弟如此，夫复何求？"

卢曾嬷淡淡一笑，说道："男人总是很难拒绝漂亮女人的，如果再跟他们闹一闹，撒撒娇，基本连他们亲娘的乳名都能告诉你。"

木小雨笑道："我以为姑娘不是这种人，没想到也如此精擅此道。"

卢曾嬷说道："一个女子行走江湖，什么手段都要用一点的。生逢乱世，苟以为艰。红颜有所苦，亦有所助。否则我这么一个剑术未成的姑娘家家，岂不是要被整个江湖里的豺狼虎豹轮番蹂躏食之？"

木小雨沉默片刻，说道："卢姑娘所言有理，是在下言语上冒失了。"

卢曾嬷笑了。她这一笑，仿佛在荫蔽的竹林中吹来了一阵南风。木小雨心中一动，想移开眼睛，却发现不能自治，只愿一直看着她的笑容，做这寂寂竹林间的一株节绿。

卢曾嬷看见木小雨在看她笑。她笑得并不放肆，见好就收。木小雨心中有一些小小的遗憾，只希望这笑容永远存续下去，只希望这一阵南风一直这么清幽清幽地吹下去。

卢曾嬷面容回复之前的淡然，缓缓问道："既然你感激我，那么现在你愿不愿意和我一较高下？"

木小雨忍不住问道："卢姑娘为何一定要和在下比试呢？在下百思不得其解。"

卢曾嬷答道："木公子看来未曾听说过，十五年前，你父木郁陶在两广游历期间，与家师莫去玉因一位旧相识的恩怨交过手。家师剑法在两广两湖已难觅敌手，但却不敌你父，在你父手下输了一招。家师与你父约定，十五年后派出自己的得意弟子再战。我此番前来，便是奉了家师之命，与木郁陶的弟子比武。岂料他并未收徒，那就只好选上他的独子了。"

木小雨说道："原来如此，不过我的武功并非得自于木郁陶，卢姑娘只怕是找错了人。即便你赢了我，也不能得偿莫前辈所望。”

卢曾嫫幽幽说道："家师今年已患上不治之症，时日无多了。不管你的武功是否是木郁陶所授，但你总归是木郁陶的儿子。胜了木郁陶之子聊慰家师，家师行前也无遗憾了。"

木小雨默然。他思忖片刻，说道："卢姑娘一片孝慈之心，在下不敢不从。只是当下我还有几件事要办。待此间事了，在下答应一定与卢姑娘择日一较高下。卢姑娘意下如何？"

卢曾嫫说道："也好，只是这段时日，我就要住在你这道观里，免得你又使诈开溜了。"

木小雨笑道："不敢怠慢。一定让他们收拾出一间最好的房间给卢姑娘住下。"

背刀年轻人轻敲紧闭的房门，口中喊道："义父。"

门内周梦朝应道："进来吧。"

背刀年轻人推门而入，反手带上房门，见周梦朝正坐在桌前，在烛火下参研一本古经。他走到周梦朝身前，躬身说道："义父，孩儿照义父吩咐暗中护送常将军三里地，亲眼目睹有人在半路途中袭击常将军轿队，共有五人与正一掌书交手。其中三人正是当日在青河帮里遇见的三人。孩儿观战全场，除了一人自称曾经是正一道掌书一脉之外，还有一人刀法似是出于当年被飞鸿会紫门覆灭的风霜杀意阁，使毒一人似是当年'孰毒唐尸三百手'中的名家。另两人压轴出手，一画笔一长剑，都具宗师风范，孩儿眼拙，不能品评高下，只觉若论修为，未必便在谢师之下。"

周梦朝点了点头，放下手中的宋刻佛经，轻声问道："可有伤亡？"

背刀年轻人回道："二伤，无人死，全部撤离。"

周梦朝双眉一凝，自言自语道："居然能从正一掌书手下毫发无损地撤离，看

来这伙人不能小觑。"他突然想到了什么，问道："那三人是何宗派？"

背刀年轻人回道："云游画宗。"

周梦朝眉头紧锁，说道："画宗？画宗…你刚才说有一人使笔？"

背刀年轻人回道："是。年级约摸三十岁左右。"

周梦朝道："哦，那便不是他…此人武功如何？"

背刀年轻人回道："大宗师之境。"

周梦朝似是忽然明白了什么，缓缓说道："原来如此，原来如此。当世以画笔为器，以画道入武道之人，不过二三。一人多年前已双目失明，不知所踪。另一人嘛，也因故隐退。剩下这一人，便是那木郁陶之子。今日这人若真是那木小雨，那我们的计划也要随之调整了。"

他顿了一顿，突然柔声唤道："刘孤，你在我身边已经几年了？"

刘孤回道："回义父的话，已经八年了。"

周梦朝叹道："八年了，真是快啊。想当年我找到你时，你还是个懵懂无知的孩童。如今年方弱冠，便已可入江湖十大刀客之列，委实是天赋异禀，与你那生父相比亦毫不逊色。你不愧是他的儿子。"

刘孤回道："刘孤是义父之子，不是其他人的儿子。义父对刘孤恩重如山，刘孤愿一直侍候在义父身边。"

周梦朝点头道："好。不枉我养育你一场。"他话锋一转，说道，"明日那木梁陈想必会来找你去城外云游画宗驻地，我让谢师与你同行，切记不可硬拼，探清虚实为主。若木梁陈遇险，可以不救，保全自身。"

刘孤应道："是。"

周梦朝挥手道："去歇息去吧。"

刘孤转身出门。周梦朝对着昏暗的烛火微微凝神，房间里好似吹进来一阵风，房门被稍稍推开，烛火一阵摇曳，周梦朝身后已站着一个一身宽袖大袍、形式古雅之人。

周梦朝并未转身，只是淡淡说道：“谢师回来了。可找到他了？”

谢师说道：“找到了。就在南陵县城内，做着颜料画笔的生意，有一个不大的小铺面。”

周梦朝说道：“他 ... 还好么？”

谢师说道：“我看他精气内敛，举手投足间浑然天成，似是这十年来又有精进。”

周梦朝眼中神色一闪，问道：“他可是不愿意与你一同过来？”

谢师叹道：“他说他早已与世无争，过往已成烟灭。他只愿碌碌无为地过完余生，不愿再参与到任何江湖纷争之中了。”

周梦朝面前烛火忽然火势大涨，直如火炬，把整个房间照得灯火通明。少顷，烛火一黯，转而熄灭，室内一片漆黑。他取出一只火镰，复又打着了火，点燃了蜡烛，看着眼前的这一新生的烛火摇晃摆荡，悠悠说道：“谢师辛苦了，先去休息吧。明日还要劳烦谢师与刘孤去一趟城外。”

房门稍稍开合，房内仿佛又掠过一阵微风，烛火晃动稍歇，谢师身影已不在房内。

木小雨与卢曾嫫回到观内，叫来黑六与黄七，吩咐他们打扫出一个最好的房间给卢曾嫫住。黑六与黄七笑嘻嘻地去了。毒五此时已经醒来，木小雨去房内查看，发现他的左肩肩胛骨已经碎裂，急忙唤来商三，取出随身携带的跌打药要给他涂上。毒五摆摆手，说道：“此药无用的，还是让毒五自行医治吧。”

他从袖中取出几种草药服下，又让商三帮他把另外几种草药搅碎，敷在骨碎处。处理妥当后，毒五从怀里掏出一个包了几层的手帕，打开后，其中是一枚鲜艳绝伦的菌菇。他张口把菌菇嚼碎吞下，长舒了一口气，面色竟已恢复了几分红润。

商三问道：“五弟，你这服下的都是些什么药物？怎么我从未见过？”

毒五回道："都是剧毒之物，药铺一般不会有，三哥没有见过也是正常。"

商三骇然，问道："剧毒之物？如此伤势还服下这么多毒药？"

毒五笑道："毒五乃是百毒之体，寻常药物对我已没什么作用。剧毒草木以毒性护体，不被虫蚁人畜侵扰，本因其身内有瑰宝之素。我毒道中人，以毒物医治自身实乃常事。三哥不必惊慌。"

木小雨道："话虽如此，可五弟的伤势依然不轻，短时间内是无法再动武了。四弟亦然。你二人这几日好好休养，切记不可操劳。"

他出了房门，又到大殿中找到刀二，对刀二说道："四弟与五弟受伤，我怕这几日木梁陈会带人来探虚实。二弟可要多担待一些。"

刀二回道："是。有宗主与卢姑娘在，木梁陈占不了什么便宜。"

木小雨点头道："我同意卢姑娘留下来，也是想到了这一层。她剑术极好，在这里也能帮得上忙。"

刀二忽道："宗主今日与那掌书使一战，可有何心得？"

木小雨道："正一道掌书使不是浪得虚名。今日他可以说是以一敌五，毫发无损，武功之高，只怕已不在十年前的刘客幽之下了。"

刀二说道："今日的刘客幽，与十年前相比，恐怕也已经不可同日而语了。"

木小雨目露赞色，说道："二弟总是一语即中吾意，真乃知我者也。"

刀二又问道："不知宗主自觉与十年前的刘客幽相比，胜算又有几何呢？"他不提掌书使，却拿十年前的刘客幽作比，这是用木小雨自己的话来反问木小雨了。

木小雨微微一笑，说道："今日我笔意未尽，他书力未展，算不得是决出了高下。将来有机会再见，方是我与他一决雌雄之时。"

刀二肃然道："宗主武功也许不是刀二见过人中最好的，不过宗主待人待事之风范，委实是刀二平生仅见。刀二有幸，能与宗主共事，此生无憾了。"

木小雨笑道："二弟你这人就是太严肃了些。黑六、黄七嘛，又是太活泼跳脱了些。

你们要是能彼此调和调和，倒是不错。"

刀二说道："宗主说得是。只是刀二自幼身处之环境便是如此，言语上稍有不慎就会有杀身之祸。这么多年下来，刀二想来是改不过来了。"

木小雨拍拍他肩膀，安慰道："也未必，也未必。二弟有空多和那两个没心没肺的家伙相处试试，时间长了，也许会有改观也说不定。他们两个见你一副肃杀的面孔，平日里都不敢多亲近你呢。"

刀二默然。

木小雨正待再说两句，忽然从大门外走进来一个可爱至极的童子，手里提着一盏灯笼，奶声奶气地问道："有人吗？我小孩子肚子饿了，能不能麻烦你们行行好，弄点桂花糯米糕、金丝枣泥、芙蓉燕窝羹什么的给我垫垫肚子？我家主人就不用管他了，他独自在门外对着斜月竹林吟诗作赋，发书呆子疯呢。"

第五章 音无相 韵无穷

　　木小雨定睛一看那童子，竟是木双声"韵无穷"里那个小机灵鬼，不禁哑然失笑道："这小鬼怎么跑这儿来了？三弟，去把他领进来。"

　　商三连忙走出去把那小童领进殿来。童子放下灯笼，熄了里面的烛火，吵着闹着要吃宵夜。商三笑道："这孩子过得真是锦衣玉食，我们这里可没有那么多好东西吃。厨房里还剩两个馒头，要不对付对付？"

　　童子苦着脸，叹道："唉，罢了罢了，看你们这里穷成这样，想必也是拿不出什么比馒头更好的东西了。那这样吧，你去把馒头切丁，素油下锅，油热了之后把馒头丁浸入油中，小火慢煎，待馒头变金黄色之后，盐和糖各少许撒于其上，炒两下就可以出锅了。用劈开的新鲜竹子做容器盛盘端上，再配一壶祁门的红茶，也就将就将就吃了。"

　　商三听得目瞪口呆，心想这孩子怎么这么多花样。木小雨在一旁微微发笑，示意商三去厨房按照他说的做。童子这才安静下来，小眼睛眨巴眨巴地看着木小雨，歪着头说道："少爷，待会儿主人进来了，您可千万别说是我吵着要吃宵夜哦，就说是你们特意做了招待我们的，您看可好？"

　　木小雨哈哈笑道："好！你这个小娃娃倒是有趣。昨日一别忘了问你的名字，还不知道你叫什么呢。"

　　童子嘻嘻一笑，说道："小的不才，在主人身边被唤作温文。主人今天没带尔雅过来，让尔雅在家里给主人换床单被罩子呢。"

木小雨微笑道："温文尔雅。好一对童子之名。"

门外人影晃动，只见木双声已经进了大殿，一边走一边对木小雨说："这里环境不错，有月有竹有风有水，是个好地方。"

木小雨迎上前去，说道："大哥怎么突然有此雅兴，这么晚还特意从'韵无穷'赶过来？"

木双声在大殿里坐下，缓缓说道："昨晚金刚鬼童去了我那儿一趟，送来了盲叔占卜的卦象。盲叔解卦说，明日你要遇重大之事，请我来你这里照看照看。我特意今晚赶来，免得明天一大早赶不及误了事。"

木小雨问道："盲叔他久未卜卦，怎么突然有此一出？"

木双声淡然说道："盲叔占卜耗自身精元，对身体损伤极大，近几年来已不行此举了。只是他昨日忽感心神不宁，神不守舍，心中预感要有大事发生，这才卜了一卦。不但算出你人在南陵，还算出来你惹上事端。不得不说，盲叔这逆天卜命的本事，江湖中再也找不出第二个人来了。"

木小雨说道："正是。当年若不是盲叔在他木郁陶身边料敌机先，木郁陶恐怕也难以成就那一番伟业。"

木双声没有接他的话，岔开话题，说道："此处以前是道观，今后可不能再叫道观了。你们应当做个木匾挂在大门外面，好让此处有一个宗门驻地的名号。"

木小雨点头道："大哥所言极是。近日里事多，倒是把这件事给忘了。依大哥之见，是做一个'云游画宗'四字的招牌，还是做一个'云游'两字的横匾好呢？"

木双声沉吟片刻，说道："意至而形不完，最是韵味隽永。依我之见，'云游'二字足矣。"

卢曾嫫此时从房里出来，看见木双声坐在殿中，过来行了一礼，说道："双声先生居然也来了。"

木双声看见她，说道："你果然找到这里来了。小雨心里一定在骂我，把麻烦事全推到他这里来。不过我倒觉得你们这一段时间若是相处下来，说不定除了比试之外，还能发生些别的什么。"

木小雨面色一红，卢曾嫚低头浅笑。出来透气的道四和毒五听见木双声这么说，急忙凑过来接道："这话说得真正不错。宗主，毒老五有拿手的壮阳药酒，等他好了之后就给您酿上，没准儿还真能派上用场。"

这时候商三正好从厨房里端着油炸馒头丁出来，听见了急忙跑过来，对毒五说道："五弟，别忘了给你三哥也弄两坛！"

童子一把抢过商三手里的馒头丁，有滋有味儿地吃起来。木双声看了他一眼，说道："你再这么吃下去，得有尔雅两个重了。"

温文小嘴一噘，回道："主人您每天无所事事，除了喝茶就是赏花。您哪里能知道我们这些下人的辛苦哟！一天熬下来，不多吃一点，明天还怎么伺候您哦。"

木双声微微一笑，也不去管他。他眼光扫过道四与毒五，张口问道："你们的伤是怎么留下的？"

道四回道："是拜正一道掌书使所赐。"

木双声双眉一凝，说道："哦？他也来了南陵么？"

木小雨说道："不错，今日我们与他交了手。"

木双声问道："他人此刻在何处？"

道四回道："想必是在南陵县中心的军营里。"

木双声眼中掠过一抹异色，对木小雨说道："我累了，先去房间里休息了。你们莫要来吵我。"

木小雨急忙命商三带着木双声去房间了。道四和毒五对视一眼，小声说道："这人怎么忽然就变，让别人没着没落的。"

温文吃光了盘中的馒头丁，拍拍肚子，剔着小牙，不屑地说道："你们两个哪能懂我家主人？你们要是都懂了，我家主人也就不是名震江湖的双声先生了。"

　　木小雨沉思片刻，忽然起身往木双声的房间行去。他推开房门，只见房间里空空如也。他苦笑一声，叹道："我这大哥哟，还真是跟小孩子一样，见不得新奇好玩的东西。"

　　卢曾嬷在他身后，问道："新奇好玩的东西是什么？"

　　木小雨回道："还不就是那掌书使。"

　　卢曾嬷噗嗤一笑，说道："怎么这老道士倒成了新奇好玩的东西了？"

　　木小雨皱着眉头道："你我觉得不是，可我大哥觉得是。没办法，等他回来吧。我这大哥要做的事，谁也拦不住他。"

　　半个时辰之后，木双声安然返还。木小雨和卢曾嬷、刀二、商三都在他房间里等他。木双声好像知道他们会发现似的，也不解释，只是气定神闲地从怀里掏出一本道经交给木小雨，淡淡地说道："他用这本经书战我，被我夺下带回来了。明日常遇春便离开南陵回应天府，他怕是从今以后也见不到这部道经了。"

　　木小雨、卢曾嬷、刀二三人你看看我，我看看你，都是一脸的无奈相。木小雨苦笑道："我们五个好不容易从他手中逃脱，你却轻轻松松抢了人家的书器，出入军营重地如入无人之境。大哥，你是专程来羞辱我们的么？"

　　木双声懒懒一笑，说道："也不轻松。我本想与他坐下探讨武道心得，谁知他根本不给我说话的机会。他身手不凡，加上军营里兵多将广，我也没能把他怎么样，着急着就回来了。你把这书交给你受伤的兄弟，就当是这不讲理的道士给他们赔罪的谢罪礼吧。"

　　春雷一响，清晨的小雨就这么淅淅沥沥地落了下来。

　　刘孤用热水洗净了脸，又用清水和竹盐洁过口，坐下来开始吃他的早饭。他想起很多年前他娘还在的时候，家里穷得连一顿饱饭都吃不上。那时候他的愿望便是每天能和普通人一样，有晌午和下午两顿饭吃。连年战乱，加上旱灾和蝗灾，家里种的地基本上颗粒无收。村子里大部分的人都出去要饭了，娘不肯走，她说孩子不能从小要饭，长大了没骨气。她去后山掘土，挖地三尺，经常累得躺在自己掘出来的土堆边歇上小半个时辰，然后又接着挖。偶尔能挖出来一些埋在地下很深的块茎，就兜在怀里带回家拿水煮了，给早已饿得两眼发黑的刘孤吃。

刘孤有时候问娘，为什么自己没有爹。他娘总是笑呵呵地对他说，他爹是一个秀才，写得一手好书法。刚刚怀上刘孤的时候，他爹找到一个去安庆府大户人家做书房笔录的差事，答应她等赚到了银子，就会回来接她们娘俩一同去安庆府。就快回来了，他娘说，你爹就快赚着银子了。

八年前乡间又闹蝗灾。一个满头白发的中年男人和铺天盖地的蝗虫一起来到了他们的村子。村子里没剩几户人家了，死得死，跑得跑，只有刘孤和他娘住的茅屋里还升着炊烟。后山被他娘整个掘了个遍，已经再也挖不到什么可以吃的东西了。他娘不知道从哪里找回来的肉，一堆一堆的，用水煮熟了吃没有太多的味道。

白发男人身边还跟着一个琴师。他们推开刘孤家门的时候，刘孤还以为是自己的爹回来了。他兴奋地拉着娘的胳膊，问娘是不是爹，是不是爹。他娘却对眼前的两个男人十分抗拒。白发男子和他娘单独去远处说话，琴师则盘腿坐在刘孤身边，解下身后背着的古琴置于膝上，双手抚弦，弹了一曲《菩萨蛮》。

刘孤看见他娘在白发男子身前掩面而泣，随即又抹去眼泪，走到刘孤面前，对他说这白发男子是刘孤的义父，是来接刘孤走的。刘孤以后要听义父的话，好好练武，将来长大了成为一个出色的武者。刘孤说娘也一起走，他娘说娘现在还不能走，娘还要在这里等你爹回来。你以后还可以回来看娘，今日就先随义父去吧。

刘孤吃完了早饭。习武之后，他每天都要吃三顿饭才能平息自己身体的饥饿。紫气阁是木家在南陵的产业，阁中的厨子、丫鬟、仆人、老妈子都是木家精挑细选后安置在此的，饮食起居上的侍候皆与木家府内相当。自有下人来刘孤房内收走了碗筷餐盘，木梁陈随后也摇着折扇走进来，对他说今日要去城外道观探一探云游画宗的虚实，邀刘孤同行。

刘孤唯一欠身，回道："自当随木公子前往。昨日义父还吩咐了谢师与我同行，我这就去请一下谢师。"

木梁陈折扇一收，紧紧握在手中，惊讶道："若能有谢师同行，也许今日便能将云游画宗连根除去了。"

刘孤沉声说道："木公子切莫小视了云游画宗，他们人数虽少，可每一个都并不简单。"

木梁陈摇开折扇，点头说道："正是，正是。孤少爷提醒得是。不愧是周先生的高徒，梁陈虽痴长几岁，可还是不如孤少爷稳健。"

刘孤说道："刘孤不敢。请木公子在院中等候，我去请谢师。"木梁陈摇着折扇出去了，刘孤快步走到谢师房门外，敲了敲门，门应声而开，谢师一身宽袖大袍，头缠木钗，背着一具古琴肃立门后。

刘孤躬身说道："请谢师出行。"

谢师迈步出门，刘孤紧随其后。木梁陈早已在院中等候，身边站着的是那名一直躲在暗中的箭师。箭师见到谢师，急忙躬身行礼，口中说道："见过谢师。"

谢师看也不看他，只是问道："今日你带了几支箭？"

箭师答道："箭筒已满，是整二十支。"

谢师摇了摇头，说道："再带一筒。"

箭师毫不迟疑，又去取了一筒挂在腰间。谢师眼神扫过几人，转过身子，缓缓说道："可以走了。"

木小雨醒来的时候，黑六和黄七已经从县城里买回了早饭。屋瓦上有清晰的雨声，竹林里的鸟鸣都暗哑了。他自己知道，已经很多天没有睡得这么沉。木双声来了之后，他觉得自己放松了很多，不再忧心忡忡，殚精竭虑。有这样一尊武道高手在这里坐镇，木人相还能把云游画宗如何？

木小雨下床，发现洗脸水和两个包子已经放在了桌子上。他微微一笑，知道黑六和黄七每天看上去闹哄哄的，可对待宗门里的人也如同家人一般。他洗了洗脸，用清茶漱口。吃过早饭到大殿里，只见卢曾嫫、木双声、刀二、商三都已经在殿中坐着饮茶闲谈。

刀二、商三起身问安，他问黑六与黄七人呢，商三说他们俩正在伺候道四和毒五吃饭。木小雨笑道："这两个家伙，还能干出这样的好事来？是不是也眼馋五弟的壮阳药酒呢？"

商三笑道："宗主未卜先知，实在是高人一筹。六弟今天早上一直在向七弟解释何为壮阳呢！"

木小雨道："那完了，五弟药酒有限，这两人这么献殷勤，恐怕三弟你的份就要被他们给占了。"

商三笑容一僵，连忙说道："不要紧不要紧的，说笑而已，商三哪里真的会贪图那些东西。"他忽然又正色道："宗主，四弟五弟虽然无大碍，但确实不方便行动。我去看看，有没有什么能帮得上的。"说完，他拔腿就往房舍跑去。中途和刚刚睡眼惺忪走出来的温文小童子撞了个满怀，差点没把温文给撞倒。

温文一肚子下床气，又被商三这么一撞，忍不住小嘴一撇，叽里咕噜地骂道："一大早没规矩冒冒失失吵哄哄下雨天这么好睡觉全都不睡觉还不待在自己房间里读书冥想全部坐在外面叽里呱啦早饭还吃馒头天天吃馒头穷成这样还搞什么帮派我看解散算了回家种地娶老婆生孩子天天给你们家孩子吃窝窝头！"

木双声咳嗽一声，对温义说道："上茶。"

温文一惊，这才不情不愿地跑到厨房里烧开水泡好了茶，端到前厅里给木双声和木小雨、卢曾嬷倒上，对刀二却不理不睬。木双声瞪了他一眼，他才又给刀二倒了一杯，完了他自己软倒在椅子里，可怜兮兮地对木双声噘着嘴说道："主人，吃得不好，我没力气。"

木双声不理他，却转头对木小雨说道："听说你们这里缺一个伺候着端茶递水的下人，是不是？"

木小雨笑道："正是。"

木双声又道："你看温文这小童子如何？"

温文听了吓了一跳，急忙从椅子上蹦下地来，跑到木双声身前抱住木双声双腿，求饶道："主人！您可别把我丢在这里啊！主人您带我来也要带我回去啊！"

木双声依旧不理他，只是望着木小雨。木小雨笑道："这孩子挺好。白白胖胖，能说会道，谁见了都喜欢。大哥若能将他送给小弟，留在这里打一打下手，小弟自是求之不得。"

温文急红了眼，他心思机敏，忽然放开木双声，规规矩矩地走到每个人的身前，请安问好，与刚才那一副被娇惯坏的公子哥儿模样判若两人。卢曾嬷见他可爱，忍不住把他搂在怀里，捏他的小脸。温文一本正经地说："请姐姐放开温文，温文要去伺候主人和各位前辈用茶，要务在身，还望姐姐谅解。"

卢曾嬷被他逗得不行，越发揉捏他的小脸。木小雨也笑着对木双声说："大哥，我看温文童子已经领悟到了大哥的意思，更是觉醒了自己有重任在身，小弟认为现在还不是让他留在这里的时候。"

木双声懒洋洋地说道："那就要看他怎么表现咯。"

温文轻轻挣脱卢曾嬷，又去厨房里烧了一壶开水，伺候着大殿里的众人饮茶。他不知从哪里找来一块抹布，把前厅里的桌椅擦得干干净净。忙完之后，温文毕恭毕敬地站在木双声身侧，真如一个少不更事的总角童子，等着主人的吩咐。

茶过三巡，雨仍未歇。木小雨知道此刻正是突袭的最好时刻。雨可以掩埋很多

痕迹，无论是脚步声还是箭矢、暗器的破空声，都会被雨声扰乱。他听见不远处仿佛有几个人的脚步声，可又不似是脚步声，是车马声，又不似车马声。竹林里传来大批鸟儿振翅飞走的声音，木双声忽一伸手，将温文拉到了自己的身后，低声对殿里的每一个人说道："小心。"

话音未落，四支劲矢从墙外蓦然射来，对准了大殿里的四人。箭矢破空，劲气惊人。大殿里四人却好像并未察觉，一动未动。忽然间，大殿中刀光一闪，又听见长剑出鞘的剑风声，四支劲矢在空中断为数截，颓然坠地。

门里走进来木梁陈、刘孤、以及背着古琴的谢师。他们三人以墙外劲矢为掩护，趁着殿里四人的注意被箭矢吸引的时候，已经快步向大殿逼近。谢师进来一眼看到坐在椅子上的木双声，面色一变，说道："居然是你？"

木双声也盯着谢师，缓缓说道："你居然还活着。"

谢师一挥手，拦住木梁陈与刘孤，一瞬不瞬地望着木双声，说道："十年未见，吹琴可片刻也不敢忘却双声先生的样貌。"

木双声洒然一笑，说道："怎么？就这么想我么？改日可以来我'韵无穷'一起烹茶煮酒，交流武道心得。"

木小雨也上前两步，对着木梁陈说道："梁陈贤弟，别来无恙。"

木梁陈见到木双声与木小雨二人，也是惊得呆住了。他万万没有想到这云游画宗居然和他们有关系。他心中暗叫不好，可脸上却是一副欢喜的模样，对木小雨笑着说道："原来是小雨哥啊，误会，误会。都是一家人，哎呀，小弟可是想死二位哥哥了。"

木双声侧过脸来看着他，问道："一家人？我们什么时候和琥珀山庄变成一家人了？"

谢吹琴长琴拄地，沉声说道："吹琴不才，今日想领教双声先生的绝世韵武。十年前一战，吹琴还历历在目，未知十年后的今日，双声先生是否愿意赐教？"

木双声悠悠说道："谢琴师十年苦修，想必已经突破'大音希声'的桎梏，迈入'真音无相'之境了。"

谢吹琴不答，只是放倒琴身，盘膝坐下。他十指虚按，琴弦竟被他指上劲气所压，凹陷下去。谢吹琴手指连动，只听"琤瑽"数声，木小雨等人忽觉大殿内暗劲割体，犹如倒海翻江，无从抵挡。

木双声忽然站起，右手虚点空中一处，左手横移，似是推开了什么碍手的物件。谢吹琴十指一震，竟然从琴弦上弹起。大殿内琴音陡歇，暗劲未卷至众人已恁自消弭。谢吹琴双手拇指、食指伸出，又再抚上琴弦，横向一按一抹，一股琴音力墙凭空升起，直压得厅内众人喘不过气来。

木双声张口长啸，琴声顿时黯淡下去。他双手在空中连拍，似是在对琴音做着拍打。谢吹琴手指微动，一层层的音劲叠加上去，膝上古琴竟已不再出声，只是灰暗的琴身渐渐发亮。

木双声拍击良久，微微一笑，大喝一声，双手如舞迷幻韵律，插入琴音气海之中，只听"砰"地一声巨响，大殿内众人方觉呼吸重又恢复顺畅，谢吹琴坐在地上平平地向后滑出三丈，膝上古琴琴弦全部断开，从中间弹起。他双手按住断弦，冷冷站起身来，对木双声说道："双声先生这十年来亦是突飞猛进，不出吹琴所料。这一口古琴'妖言'能毁在双声先生手下，也不算冤枉。"

木梁陈见交手已毕，急忙说道："不打扰二位哥哥了，小弟这就走。"说完转身就要离开。此时木小雨突然开口说道："等等！你不能走！"

木梁陈笑道："小雨哥莫要客气，小弟就不留下吃饭了。"

木小雨说道："南陵赈灾钱粮的事，我还要留你下来好好问清楚呢。"

木梁陈挥扇笑道："小弟不明白哥哥在说什么。"

木小雨说道："你如果再敢跟我装糊涂，我保证木人相就要再过继一个儿子了。他亲生儿子被我打成了废人，我不介意再把他过继来的儿子也打成废人。"

阴雨绵绵，雨落在青石铺就的官道上，溅起一簇一簇的水花。人们见雨便不愿出门，早市的生意很不好。南陵县城里"僧繇画舍"门口几乎无人，店主望着头顶的密雨，叹了口气，走到店里去拾掇画笔、颜料和纸张。

他背对着大门，不知道门外已经有一人默默地站在屋檐下，仔细地盯着他的后背。店主恍若未觉，依然在整理着货物。

门外那人一头白发如雪，撑着一顶宽大的油纸伞，又默默地站了片刻，随即开口问道："请问店家，可有上好的画笔卖？"

店主背着身子头也不回，过了半晌才回道："你要什么样的画笔？"

来人淡淡地说道："我要的这支笔，据说是从南朝梁一直传下来，曾经是张僧繇在梁都城建康一乘寺里用来描摹龙形的画笔。"

店主身躯一震，停下手中的活，慢慢站直了身子，却还是未转过去，只是寞然说道："这支笔十年前已埋葬于庐江琥珀山庄的神殿废墟之下，客官怕是买不到了。"

来人说道："只怕未必。这支画笔今日便在你这'僧繇画舍'之中。"

店主默然。来人忽大喝一声："画匠聂尧水！见本王来了还不行礼！"

店主转过身来，只见一张刚毅脸庞上浓眉斜飞入鬓、双眼漆黑如墨。他眼中似有万般落寞无奈，亦似有埋藏多年的悲苦辛酸。他直视着白发男子的眼睛，万念俱灰地说道："不，当年的那个庐江王已经死了。棋手、书生死了，琴师、画匠也死了。琥珀山庄被覆灭了。现在活着的三个，只是周梦朝、谢吹琴、聂尧水罢了。三个从废墟里爬出来的冤魂，三个生不逢时的败者。"

周梦朝手中的油纸伞轰然爆开，在剪不断的密雨之中如同被雨水打落枝头的花瓣。他决绝地站在雨与光的下风处，好似一块永远拦住过往的洪流而绝不倒塌的礁石。他看着聂尧水那双失去了生气与斗志的眼睛，沉重地说道："对你来说，也许一切都失去意义了。当年的琥珀风云、万世伟业，确实都已经烟消云散了。但对我来说，活下去一直都有着另一层含义，那就是为死去的手足们复仇，为被木郁陶、刘客幽格杀的棋手与书生报仇。这十年来，我一直是为着这个目的才活着，谢吹琴亦是。而你——你看看你自己，除了那曾经的浮华与霸业，手足之情真的对你一点也不重要么？"

聂尧水浑身微颤，沉默不语。周梦朝继续说道："如今，我已有了全盘的复仇计划，且种下了一粒必将深深伤害木郁陶与刘客幽的种子。我不是为了卷土重来而活着，我只是要让他们付出代价。"

周梦朝转过身去，说了最后一句话："如果你还有半点当年的手足情谊，就回来与我们一起为死去的人们讨回这一点公道。"

说完他大步走入雨中，没有再回过一次头。

第六章 入彀

木梁陈收起手中的折扇，脸上不再有笑容，面色变得阴沉起来。木氏双杰的名声在南方半壁响彻武林的时候，他还只是一个不及弱冠的少年。后虽然木小雨被逐出家门，木双声厌倦隐退，可木氏双杰在木家的影响力仍然如阴云一般笼罩了所有木家年轻一辈的杰出人才。

木梁陈可以在同辈人中脱颖而出、被木人相欣赏，从而秘定为下任家主的继任人，一方面是因为他出色的身手和机敏的反应，另一方面则是他遇事沉着冷静、城府极深、忍耐力极强的禀赋。与木家同辈中的佼佼者木离、木流马、木鱼珠等相比，木梁陈在武学上的造诣也许并不能独占鳌头，但他懂得隐忍、避锋芒、示弱，他不似木人相的亲生独子木池雄那样嚣张跋扈、不可一世，这也是木人相尤其欣赏他的原因。

是故就连木梁陈所修习的武功，也是木家所有家传武学之中最难练成、最难坚持、也最难快速见效的武功——"缘木求鱼"。这门武学是百年前木家一位乖戾的先祖自创，后入木家武学殿堂之列。百年来修习者寥寥，即便有人修习，大多也是半途而废。因为这门武功太难练，初始修习的时候就像练错了一般丝毫摸不着头脑。一会儿练练手部经脉，一会儿练练腿法，一会儿又要练练调息冥想，初学者三年内完全不会有任何进展。而木梁陈凭着自己阴沉狠厉的性格，将这门武学从小练到了现在。

一开始的几年里，他完全不是同辈人的对手，经常被木家其他的孩子欺侮。再过三年，他渐渐可以与同辈人交手而不至于败得太惨。又过三年，他已经不把大多数木家同辈放在眼里。现如今，木梁陈已位列木家后起一代中四大高手之列，与木离、木流马、木鱼珠三人并驾齐驱，不遑多让。

木人相为了保护他周全，还特意将自己的贴身护卫、有着小江南第一弓箭师赞誉、人称"矢半弓倍"的木涅舍安置在木梁陈身侧，足见木人相对他的关照。木梁陈虽然从小就活在对木氏双杰的崇敬之下，但他自忖今日即便是面对木氏双杰，自己也能够全身而退。

木梁陈说道："小雨哥莫要开玩笑了。今日我们阵仗如此，若想撤离，恐怕是没人可以拦得住的。"

木小雨说道："是么？你越是这么说，我不禁越是想试一试了。"

木梁陈拱手施礼道："小弟告辞。"

他话音刚落，所有人都听见了箭矢破空的声音。很显然，埋伏在高处的木涅舍得到了木梁陈的攻击指令，在一刹那间又射出了四支箭。与这一次射出的四支箭相比，早先射出的那四支箭就像是小孩子过家家玩似的。

这四支箭破空而来，裹挟着经过之处所有落下的雨水，在半空中好似开辟了四条雨之河流。雨水被箭劲卷入，形成横向雨瀑，又反过来推挤箭身。四支与先前一模一样的箭矢，现在就像四根从末世之中射出来的颀长水柱，要将殿上众人全部刺杀于当下！

大殿上淡淡的黄衣身影一闪，卢曾媄已迎箭而上，跃上半空，手中长剑在细雨中出鞘。木小雨听见她悄悄在他耳边留下的低语："我来解决那个箭师，你去做你的事。"

长剑迎上长箭，云游宗院内仿佛卷起了一场暴风。所有尚未落地的雨水全部倒逆飞起，已然落地的雨水居然也脱离了土壤的吸附，拔地升起，卢曾媄一剑挥击，竟在这小小的院内卷起了一个风与水的漩涡。四支强劲水箭被吸入漩涡之中，漩涡里有淡淡的剑光一闪，四支箭连同裹挟的雨水尽皆被搅得支离破碎。

木涅舍见状飞退。他惊诧于眼前这个女子如此精妙出奇的剑术，但他在最快的时间里已经作出了判断：要与她拉开足够的距离，进行第二次攻击。

木梁陈在木涅舍手中的箭矢刚刚脱离弓弦的时候就开始后退。他预计木涅舍的攻击可以为他争取三个弹指的时间，这对他来说已经足够了。他的身形已经开始展运，即将转过自己的身躯朝大门外疾奔，然而就在他刚刚转过身体的时候，他的面前突然出现了一个身影。

木梁陈在刹那间打开了自己的折扇。折扇脱手飞出，旋转着割向来者的咽喉。木梁陈错步避开来人，准备绕过他继续向门外跑去。他已经展开了自己的身体，下一步就要纵跃出去，就在此时，他突然觉得自己的肩膀上按上了一只重逾千斤的手掌。

木梁陈的身形蓦地停在了原地，不得寸移。他心中一惊，知道这个人正是木小雨。木梁陈没有多想，在顷刻间施展出自己毕生武学的极诣——得鱼忘筌。

缘木求鱼，得鱼忘筌。木家百年前那位先祖最终求得武道巅峰，他写下自己最后的心得，便是在鱼而不在捕鱼之器。武者但凡可以得道，便要忘却自己的肉身皮囊，摒弃所有僵化的形式与规则。

木梁陈当然还达不到那位先祖的境界，但他却领悟到了得鱼忘筌的真意。木小雨忽觉掌中的木梁陈变得不规则、不再像是一具人体，而成了一个全身上下都可以伤人的利器。木梁陈用自己身上的每一个部位攻击着木小雨，他身上的每一块肌肉都跃跃欲试，每一根骨骼都化作利剑，甚至连头发与胡须都破空飞袭，木梁陈把自己从头到脚都修炼成了杀人的手段，他自己就是一场百人格杀的兵器。

木小雨左手伸出，手中握着那支妙笔"生花"。笔意甫生，笔势便连绵不绝，无穷无尽。木梁陈在刹那间对木小雨作出了五十七种攻击，全部被木小雨的笔势封住。木梁陈又再作出了七十三次猛攻，依然被木小雨一支画笔在极近的距离当中全数抹杀。木小雨的笔意仍旧无穷无尽、无歇无止，无论木梁陈的攻击如何细化到一根头发、一粒黑痣、一丝皱纹，木小雨的笔都有数不清的方式一一对应。且木梁陈感觉到那支画笔好似意犹未尽，它仿佛在说木梁陈的攻击太少了，太粗糙了，还不够填补那一点点的笔意，它吞噬掉了木梁陈所有的意图、变化、野心，同时它也抹去了木梁陈的自信。木梁陈实在没有想到自己竟然与这支画笔有着如此惊人的差距，他黯淡下去了，他不再发出攻击，他放弃了摆脱那只手的掌控。

与此同时，站在木梁陈身边的刘孤要出手了。他反手拔刀，蓦地向身后斩去，火星四溅，刀二从身后袭来的刀被他一刀劈开。

刀二看着刘孤，说道：“当日未能一战，今日自当请阁下指教。”

刘孤长刀在手，俨然与平时不是同一个人。平时的他低调、沉稳、谦逊，而握刀的他骄傲、自负、不可一世。

刘孤直视刀二，傲然说道：“我观摩过你数次出刀，平心而论，你刀法不弱，不在‘火林刀’向术之下。”

向术刀法如火，沉静如林，故得称号“火林刀”，忝居大元朝十大刀客末座。

刘孤接着说道：“去年我挑战向术，他接不了我十刀，已死在我的刀下。”

刀二说道：“我不是向术。”

刘孤笑道：“你自然不是向术。你是‘风霜杀意阁’两大供奉之一，与‘霜剑’齐名的‘风刀’邱纾。自从风霜杀意阁被飞鸿会紫门灭门之后，‘霜剑’由紫衣挟刀斧亲自斩杀，而‘风刀’邱纾则下落不明。未曾想今日却在这小小的南陵得见真身。”

刀二没有半分表情，冷冷说道：“你岁数不大，故事倒是知道得不少。皱纹不多，废话倒是一套一套的。要知刀不言道，斩不释锋，刀法是一门说多了就变味儿的学问。千言万语，尽在我刀意劲气之中了。”

刘孤眼中有激赏之色。他不再多言，以示对刀二的尊敬。二人对峙片刻，忽然刀光四起，雨滴与火星齐飞。二人交手数刀，竟将这场连绵密雨都砍成数截，千疮百孔。刀二侧身飞掠，寻找一个最佳的出手角度，他长刀入鞘，待下次再拔出之时，必定雷霆万钧。这是他糅合了扶桑浪人的刀法之后自创的拔刀之术。

刘孤则站在原地，一动未动。双手执刀，如老僧入定。刀二停在了刘孤身侧的死角处。只见刀光一闪，刀二的刀已将斩在刘孤的背脊，刘孤突然反手一刀，架住了刀二的刀斩，他整个人借助这一记撩刀背后的余势开始旋转，整个小空间里的刀意与刀气都随他旋转起来，刀二觉得眼前的景象开始扭曲，自己手中的长刀竟然变得细长、弯折起来。

刀二心中一凛，后纵退去，意欲脱离刘孤带起的这股扭旋之势。刘孤就在此时出刀。刀二眼中出现了四刀，而后四刀突然减少，只剩下两刀，刹那间两刀又忽然折合为一刀，孤零零地便这么斩落下来。

刀二知道那四刀是四个可以攻击的方向，刘孤选择了其中其二，放弃了其二，然后又在其中选择了唯一最佳的一刀，放弃了另一刀。与其说刘孤的刀法是选择，不如说是放弃。放弃为伴，孤独自行。

刘孤，寡刀。

刀二长刀出鞘，挡住了这一刀，然而身上却有另外三处蹦出了鲜血。刘孤一刀斩落，却在刀二身上留下了三处伤口，且三处均非斩落那一刀所致，委实神乎其技，刀法通玄。

刀二依旧飞退。刘孤执长刀糅身直上，突然眼前一花，一支画笔伸了过来，搅住了刘孤的攻势。刀二得以退离。木小雨一支生花妙笔，拿下了身前的木梁陈，又横空而来，接下了刘孤，欲将刘孤也纳入自己纷繁无尽的笔意之中。

谢吹琴没有动，因为木双声还懒洋洋地坐在椅子里没有动。木双声不动，谢吹琴绝不会动。

墙头高处，卢曾嫫一剑拒敌，已将木涅舍逼退到十丈外的枝干之上。木涅舍手拿长弓，背戴箭筒，却轻若无物，在细细的老树枝干间跳跃，若非亲眼所见，实难相信这是一个重逾百斤的男人而非一只轻巧猿猴。

木涅舍高高地站在枝头高处，俯视卢曾嫫。他一手摸出了三箭。枝头微微下沉，木涅舍脚尖轻点，人已凭虚临空，三箭搭在巨弓的弓弦之上，借刚才那一支纤细的树枝弹力，他便能射出这三支劲矢，这是他木涅舍独步南方半壁弓箭武道的绝艺了。

三箭甫一射出，劲气如潮，中间横斜出来的树枝尽皆碎断。当中一箭直取卢曾嬷顶门，另外两箭竟然划出两道弧度，一左一右地调换了一下位置，螺旋回转，欲要将卢曾嬷身前身后所有退路全部封死。

木涅舍三箭出手，人轻飘飘地落在另一根枝干之上，低头观察卢曾嬷如何应对。然而他蓦然觉得自己落脚之处传来一阵不同寻常的震动。只见一柄长剑已然划破了整株老树的树干，五人合抱的树身自下而上被一道剑气破开，蔓蔓枝叶下耀眼的剑光一闪，木涅舍射出的三支长剑顿时化作齑粉。

木涅舍心中大骇，整个人随着足下老树的倾倒而落下地来。他人刚站稳，眼前剑芒挑动，卢曾嬷的长剑已袭至眼前。木涅舍手中弓弩点出，格住长剑，卢曾嬷长剑横切，木涅舍巨弓折断。木涅舍弃弓，后撤，双手拈出箭矢刺击，卢曾嬷剑光一转，木涅舍双手俱断。卢曾嬷长剑点地，说道："你若再动，下一剑便取你性命。"

木涅舍近身出腿，卢曾嬷身体一旋，挥剑割断木涅舍右腿，剑尖瞬间前突，刺穿了木涅舍的咽喉。

刘孤被木小雨笔意牵扯，长刀一立，转而斩向妙笔生花的无穷变化之中。木小雨笔法至繁至杂，犹如大千世界，包罗万象。刘孤寡刀至简至约，由千万而化单一。二人交手数招，刘孤如陷无穷幻境，寡刀虽仍能在其间挥动，但刀光却越来越黯淡下去。

谢吹琴此时却动了。

他手中已没有了琴，他却不抚琴，只是伸出双手，抚住了连绵不断的雨线。雨线悠长，从天而降，谢吹琴以这场绵密的细雨为琴弦，十指连动，弹出了寂寂雨声。

木小雨无穷笔意被无声无相的雨琴之音撞入，戛然而止。刘孤但觉眼前豁然开朗，抽刀后退。木双声起身袭来，谢吹琴并不硬拼，只见他双手连挥，将雨线琴弦一一以指尖大力崩断，院中一场细雨化作万千音力声刀，纷纷击向木双声、木小雨与刀二。

谢吹琴自己则与刘孤同时撤退，并没有救出木梁陈的意思。

木双声长袖探出，右手竟似拿捏住了这场细雨音刀攻击的中枢，漫天断弦琴音居然不得寸进。他右手一旋，只听碎裂声哗然一片，这场攻击竟似被敲坏的琉璃玉器一般散落在地。

卢曾媄此时已然回到院中，告知木小雨箭师已被击杀。木小雨看着掌下擒拿住的木梁陈，缓缓说道："木人相可不会让自己再失去一个儿子了。"

木双声忽道："既然木人相已经和琥珀山庄的余孽勾结，我怕他们会对你父不利。我要去一趟烟墩小筑告知你父。"

木小雨点头道："也好。大哥向盲叔带好。"

木双声微一颔首，带着已经吓得失魂落魄的温文离开了云游府，突兀得和来时一样。

刘孤与谢吹琴站在周梦朝的房间里，已经向周梦朝详细叙述了早晨发生的所有事情的经过。周梦朝一言不发地仔细听完，忽然开口问道："木人相已经知道了么？"

刘孤答道："回来时已经向木家主禀报过了。"

周梦朝问道："他什么反应？"

刘孤答道："没有有什么大的反应。木家主似乎对木公子被俘一事并不吃惊。"

周梦朝眉头一耸，说道："真是个老狐狸。此人阴险狠辣，城府太深，实在是我所遇到过的人里最道貌岸然的一个。此番木梁陈被俘，木涅舍被杀，而你二人却平安返回，他木人相心中对你我一定是恨之入骨。但方才听你所言，木人相非但没有当场发作，反而貌似成竹在胸，就连我也不知道他葫芦里究竟卖的是什么药了。"

谢吹琴忽道："木双声已由声韵律入武学道境，极难对付。即便聂尧水归来，与我联手，恐怕也未必能胜而取之。"

周梦朝悠悠说道："对付木双声，我已经有办法了。"

他转向刘孤，厉声说道："刘孤！今日你败了！"

刘孤身躯一震，躬身答道："是。"

周梦朝喝问道："缘何会败？"

刘孤答道："木小雨笔意已臻繁复变化之极致，而我寡刀刀术尚未至简约留白之绝诣。"

周梦朝神色缓和下来，慢声说道："不错，你能有此领悟已属不易了。寡刀刀法由你心生，是你自小经验体会之所成，独树一帜，前无古人。而'寡'意非字面理解之孤单、剩余，若你想将寡刀术推演至更高之境，必要先领会'寡'字中所蕴含的唯我独尊、除此无他之决绝。"

刘孤应道："谨遵义父教诲。"

周梦朝点了点头，此时门上忽然有了三声敲击。周梦朝说道："请进来。"门被推开，只见一个浓眉黑目的中年男子走了进来。谢吹琴惊道："尧水？！你…你回来了？！"

来人正是画匠聂尧水。他对谢吹琴点了点头，说道："正是。今日庄主亲自去找我，向我阐明大义，我思量后自觉惭愧，便关了画铺，跟随庄主来此。"

周梦朝说道："今日我们已经聚齐，往下便是要对木郁陶开始我们的复仇行动。在此之前，我们要先排除他们之中最难对付的木双声，我马上会将我的计划告诉你们。聂师，木双声之弟木小雨你可有耳闻？"

聂尧水答道："他与我同以丹青画意入武道，我对他不可不知。木小雨笔法师承东晋顾恺之一脉，讲究笔迹周密，紧劲连绵，如春蚕吐丝，流水行地，是密体一派的代表。而我之笔法则与其相对，点曳斫拂，离披点画，笔不周而意完足，师承南朝张僧繇一脉，是疏体之领袖。两派笔法自古便有纷争，张僧繇任梁代直秘书阁知画事时，曾与陆探微弟子数人在一乘寺里谈画论道，陆探微众弟子败下口舌之阵，怒而出笔攻击张僧繇。我僧繇祖师以一对多，用'画龙点睛'之无上笔意当场格杀了在场所有陆探微弟子，一战成名，震慑南北武道画宗，数百年来他密体一派再无像样的武道画者出现。他木小雨如今可以与木双声齐名，名震南方半壁，也算是陆探微之后百年难遇的人才了。"

周梦朝缓缓说道："木小雨自有木家人去对付，木人相应该不会不去救木梁陈。解决了心腹大患木双声之后，便是我们向烟墩小筑发起总攻之时。"

木人相看完手中的纸条之后，随手递给了身边站着的一个年轻人，自己则背过身去，望着窗外院子里花丛间的两只蝴蝶翩翩。年轻人接过纸条，看见纸条上写着：

你儿木梁陈在我们手上，若想他平安，立即开仓放粮，赈济灾民。否则，你会再多一个残废儿子。

木小雨敬上

年轻人问道："纸条由何人送来？"

木人相说道："云游画宗的人，递给紫气阁门房下人后就走了。"

年轻人把纸条攥成一团，问道："家主有何打算？"

木人相背负双手站在窗边，年轻人看不见他脸上的表情。木人相的声音很低沉、平缓，仿佛这只是一个什么事情都没有发生的普通一天的午后，午饭后的慵懒在他的声音里蔓延，有一种奇异的令人安心的魔力。

"梁陈被俘，涅舍被杀，而刘孤与谢吹琴却安然返回，看来周梦朝一方与我木家已经划清界限，不愿为我木家之事以性命相搏。他的目的我很清楚，他越是这样，我就越是要利用他们去达成我们的目的。周梦朝接下来一定会开始对木郁陶的报复，这正合了我们的心愿，他们若是能和木郁陶、木双声拼一个两败俱伤，我们即可坐收渔利。而木小雨以为抓住了梁陈就可以逼我就范，可他们哪里知道，我自己的亲儿根本就没有成为废人。"

木人相转过身来，脸上挂着诡异难测的笑容。他拍了拍年轻人的肩膀，说道："池雄，这几年来委屈你韬光养晦。我若不借你被木小雨打成废人的由头，也不是那么容易就能把木小雨逐出木家。"

木池雄也笑道："父亲算无遗策，木小雨之流根本就不是父亲的对手。"

木人相说道："过继木梁陈过来做养子这一招棋，现在已经用到极限了。就算木小雨不抓住他，我也会在适当时间将他揪出来做替罪羊，否则这么多年来和周梦朝结交、私吞军粮、出卖木家资源这些烂账要寄到谁的头上呢？"

木池雄抚掌笑道："父亲当年便已料到有今日，孩儿真是佩服得五体投地。"

木人相故作忧态，轻声叹道："唉！木家若是早选我坐上家主之位，只怕江南属地早就没有三大世家和西湖蓝家什么事了。"

木池雄说道："父亲，当务之急，孩儿认为应当派出父亲这么多年来一直在秘密培育的那一支队伍，偷袭云游画宗，并趁隙灭了木梁陈的活口。"

木人相赞道："不愧是我木人相的亲儿，为父正有此意。旁人只知你嚣张跋扈，可却不知那只是你伪装的表象，我儿实际上心思缜密、大智若愚，比那木梁陈实在是强得太多了。"他话锋一转，接着说道，"为父已经飞鸽传书过去，此刻他们应该已经启程了。待到了南陵，池雄你亲自前去接应他们。"

木池雄躬身应道："孩儿明白。"

宝山寺里又响起了钟声。阳春三月，寺外的油菜花与桃花开得正好，与僧人们午后在药师殿中的唱经声相得益彰。木双声独自坐在飞檐茶亭的栏杆边缘，定定地望着一山之隔外的旖旎春色。有两个童子从楼梯上来，把装有茶壶和佐茶坚果的托盘放在茶亭中的石桌之上，木双声都恍若未觉。

　　童子二人便是"韵无穷"里最讨木双声喜欢的温文和尔雅了。温文倒满了一杯茶，端到木双声面前，说道："主人请用茶。"

　　木双声接过茶杯，饮了一口，说道："今天这茶比昨天的好。"

　　尔雅说道："昨日还剩下一点茉莉龙珠泡给主人喝了。今日换的新茶，是武夷洞坑岩上的水仙，香气扑鼻，就知道主人会喜欢。"

　　木双声微微一笑，将杯中茶饮尽，递给温文。温文接过茶杯，说道："主人昨日赴烟墩小筑去知会老家主，可为何老家主却像并不在意一般呢？"他昨日与木双声一起赶到木郁陶处，本以为木郁陶会反应颇大，谁知木郁陶神色淡淡的，竟似不以为意。未过片刻，木郁陶便示意金刚鬼童送客，温文倒觉得像是受了委屈。

　　木双声悠悠说道："他已病入膏肓，对什么都不是太在乎了，除了他那个亲生独子。小雨若能知道他爹已然如此，不知会作何感想。只是老家主却不许我多嘴，严令禁止我告诉小雨他的病情。这父子俩真是太像了，一个赛一个的倔强，谁都不肯服软，唉。"

　　温文眨巴着眼睛，问道："可我看老家主还是挺精神的呀，不似那些病重垂危之人啊。"

　　木双声叹息一声，说道："他一身武学修养高绝，运用内劲将病情压制在身体内部深处，从外表看来与平常人无异。可这样一来，病势无法宣泄，反而往体内脏腑深处潜行，毒入骨髓肌理。有朝一日一旦压制不住，病势发出体表，也就无药可治了。"

　　温文"哦"了一声，两手托腮，好像在思考这其中的道理。尔雅觉得话题沉重，有些无聊，就先下去干别的事去了。

　　木双声忽然对温文说道："文儿，你可知对面宝山寺是佛教哪一宗的寺庙？"

　　温文诧异地回道："什么？和尚庙还分宗派的么？"

　　木双声笑道："那是自然。自从汉代佛教传入中原，历经三国、东西两晋、南北朝、唐、宋、五代，直至如今，纷繁浩瀚，宗门颇多。只是留存到现在的，只以八宗为主，分别为法性、法相、法华、华严、禅、律、净土、真言八宗。而对山的宝山寺，一直都是禅宗香火的寺庙。”

温文撅起了小嘴，哼道：“哼！主人你知道就知道嘛，干什么还要问我呢？凸显自己博学么？哼，和我这种小孩子比什么？”

木双声哑然失笑道：“文儿你什么都好，就是这听不得教诲的脾气得要改改。正所谓不知无事，不愿知则不可。你才这小小年纪，就已经听不得别人的授业，以后大了又怎能以天下万人万物为师呢？”

温文自觉理亏，吐吐舌头，不说话了。木双声微微一顿，接着说道：“禅宗讲求见性成佛，一朝顿悟。不立文字、教外别传、如露如电，四大皆空。我多年来研习这禅宗空境，至今依旧毫无进展。自觉若是在此裹足不前，则我声韵武道亦难再有突破。只是这宝山寺庙小僧俗，我曾数次前去拜访他们住持永镜禅师，请教大乘空宗之法印。永镜却只打机锋，不愿直面解我困惑。”

温文瞪大了眼睛，问道：“主人你什么时候去过这宝山寺的？我怎么从不知道啊？”

木双声说道：“哦，我偶尔会从这茶亭上直接纵跃过去，没有从大门走。”

温文目瞪口呆，半晌才回过神来，拍着心口说道：“我的妈呀！主人你可知道这两山之间就是万丈深渊么？万一你掉下去可怎么办啊！”

木双声微微一笑，说道：“我要过去，自然不会中途掉下去。”

温文兀自惊魂未定，流着冷汗说道：“吓死我了！宝宝我可吓不得！哎哟喂啊！可不能再这样了！我还没长大呢！主人你得把我养大了再寻死不迟！”

木双声笑骂道：“越说越不像话了！来来来，过来让我打你屁股。”

尔雅忽然又从楼下上得茶亭来，对木双声说道：“主人，门外有三个人求见。”

木双声眉头一皱，问道：“又是什么人？不见不见。”

尔雅回道："那人说，他叫周梦朝，是主人的老朋友，主人一定会见他的。"

周梦朝与谢吹琴、聂尧水三人在童子引路下，走进了"韵无穷"的大门。穿过一进院子，走上了荫凉的回廊。回廊下有精巧的池塘，池塘中有数尾锦鲤辗转水中，一忽儿间就钻进池塘边上的怪石假山中不见了踪影。

回廊尽头处有一人一身华服，坐于栏杆之上悠闲自在，正是这"韵无穷"的主人木双声。周梦朝走到木双声身前一丈处停下，微微笑道："十年未见，双声先生风采依旧。"

木双声深深地看着他，回道："十年未见，庐江王的头发倒是全都白了。"

周梦朝说道："亡命之人，不比凯旋功勋，自是潦倒落拓了。"

木双声哈哈一笑，说道："哪里话。我看庐江王左有琴师、右有画匠，威风凛凛，不减当年之勇。此次前来，莫不是要找我木双声一雪当年之恨么？"

周梦朝也笑道："岂敢。周某此番与谢师、聂师前来，只为与双声先生探讨武道至理。素闻双声先生不喜比武较技，偏爱坐而论道。今日一琴一画，不动干戈，请先生莫吝啬赐教也。"

木双声大袖一拂，说道："谢吹琴那口古琴'妖言'已毁，今日还有琴来奏么？"

谢吹琴沉声说道："吹琴不才，自从领悟真音无相妙境之后，天下万物无不可弹奏。"

木双声笑道："那你这名字要改，不能再叫吹琴了，得叫吹物。谢吹物，贴切，贴切。"

谢吹琴脸色一沉，左手一引，竟将池塘中三尾锦鲤虚引出水。他果真无物不可弹奏，左手五指一拨，锦鲤身上鱼鳞尽皆脱落，在空中撞击出声。

木双声洒然一笑，说道："你音武道本就合天地声韵之规律，在我眼中毫无神秘可言。只是自大音希声之境后，音作无声，让人以为无迹可寻。只是无论何种声音，人耳可闻或不可闻，都有一定的震动韵律。而韵律之始，仍然在我声学韵道之中。

要知天下万物，无不有声有韵，暗合声法韵律之规。即便武道手段，一举手一投足，也是身体发肤之声韵促使。声为辅，韵为主，我木双声得窥天地韵律大势而融入自身武道境界，岂是区区音武小技可以刁难的？"

他突然一拍栏杆，谢吹琴与锦鲤之间的联系仿佛被一把无形无相的剪刀切断。扑通数声，锦鲤落入水中。谢吹琴面色一变，踏前一步，双手伸出。一时间九曲回廊里仿佛充斥着暗流涌动的无声之音。谢吹琴双手手指微动，如抚虚空之琴，却引而不发，好似在等待着什么。

蓦然间回廊中有狼毫画笔挥动，点曳斫拂，如淡云浮空。阴暗的回廊中似有猛虎伏地，蓄势待扑。聂尧水以那一杆自南朝传下来的张僧繇的名笔"点睛"，寥寥数下，便在这余音绕梁的回廊间以笔势绘出猛虎形意，这已是他疏体画派多年未现的"活虎"妙法了。

谢吹琴双手一送，手中虚空琴弦积蓄已满，连带着聂尧水画笔下的"活虎"，如暗流汹涌的波涛一般朝着木双声奔袭而去。

木双声轻飘飘地落下地来，右手往地上一按，整个人似乎连带着这处"韵无穷"的宅院都晃了一晃。谢吹琴送来的无形音劲瞬间化为乌有。木双声左手伸出一攫，竟把聂尧水的活虎笔意攥在手心，生生磨灭殆尽。

周梦朝此时朗声说道："双声先生果真高明。我等自愧不如。"

木双声盯着周梦朝，说道："庐江王当年以惆怅目色化箭、惘然掌缘为刀，靠着惆怅箭、惘然刀二技独步武林，与我木家老家主木郁陶都难分胜负，今日为何却不肯赐教了？"

周梦朝笑道："在双生先生面前，周某这些手段无异于雕虫小技，不值一提。今日见双声先生神乎其技，未动干戈便已折服我三人，我等实是获益良多。为表周某人心悦诚服之诚意，特向双声先生赠经典一册，望能助双声先生度过瓶颈。"

木双声双目一凝，说道："不愧是庐江王，竟然在此数招间便能看出我已身在瓶颈。你若与他二人同时出手，今日局面也许难料。”

周梦朝没接他话，只是从怀中取出一本经卷，放在身侧栏杆下方的横挡上，自己则和谢吹琴、聂尧水二人施了一礼，沿原路返回离去了。

木双声待他三人走远，走过去拿起经卷，发现是一本宋刻的古经，经身上有岁月摩挲的痕迹。褶皱的封面上汉隶书体的卷名犹如数盏亘古青灯，虽昏暗却永难熄灭：

《阿毗达摩俱舍论》。

第七章 交锋

　　毒五的毒药方子见效奇快，不出三日，伤势已经好了大半，左肩骨头碎裂的部分也愈合得很好。道四伤势较轻，已经与寻常人无异了。这几日可忙坏了黑六与黄七，照顾道四与毒五占据了他们一天中大部分的时间，就连二人平时的打打闹闹都少了许多。道四与毒五都看在眼里，心中十分感动，二人此时伤势渐愈，便急忙婉拒了他们二人的侍奉。

　　木小雨将木梁陈全身的经脉以重手法封住，交给黑六和黄七看守。伺候了几天道四和毒五，黑六与黄七正憋了浑身的捣蛋劲儿没处发泄，一看到宗主将这个木头人一样的俘虏交给他们，顿时来了精神。他二人把木梁陈安置在柴房里，一会儿用笔墨在他脸上乱画一气，一会儿又偷了卢曾嬷的头花给木梁陈扎上，为他抹上胭脂水粉，将他打扮成一个大姑娘模样。木梁陈气得恨不得杀了他们，奈何全身经脉被制，手脚软绵绵的丝毫使不出力气。他只得以双眼恶狠狠地瞪着黑六与黄七，妄图以这股杀气骇退他们。黑六与黄七见他如此，又偷来卢曾嬷的眉笔，把他两只眼睛勾勒得水汪汪、亮晶晶的。

　　商三这几日出门打探，并未打探到什么消息。城东紫气阁大门紧闭，没有什么出出进进的人。南陵城中军营也是风平浪静，街上除了越来越多的灾民，并没有什么特别的事情发生。商三回来把所见所闻禀报木小雨，木小雨默默点头，并未多言。

　　刀二听商三说完，却忽然开口道："宗主，我有一事担心。"

　　木小雨微微一怔，继而说道："二弟有何担忧？"

刀二说道："前日那刘孤与我交手，已看出我的真实身份，我担心他们把我还活着的风声透露给飞鸿会紫门，若紫衣挟刀斧亲自前来捕杀我，实是我宗的又一大麻烦。"他们后来拷问木梁陈，木梁陈如实告诉了他们周梦朝一方几人的姓名和身世。

木小雨沉默片刻，说道："二弟可见过那紫衣挟刀斧出手？"

刀二回道："并未亲见。紫门扑杀风霜杀意阁时，我正巧外出行阁中公务，故能幸免于难。只是听闻霜剑死于紫衣挟刀斧之手，死时竟连紫衣挟刀斧的真身都未瞧见。霜剑剑术不在我刀法之下，却也这样不明不白地就被刺杀。他紫衣挟刀斧是暗杀名家，一身惊人的暗杀术只怕在武林中已找不出第二个人来。"

木小雨问道："紫门当年为何要剿灭风霜杀意阁呢？"

刀二喟叹一声，答道："风霜杀意阁是做刺杀行当的门派，阁中以盛产杀手闻名。而飞鸿会紫门在应天府崛起后，亦介入了杀手行当，只是他们主做暗杀，与老派的杀手行当不合。风霜杀意阁与其发生过数次冲突，各被刺杀了数名好手。各地的杀手宗门素来有互不敌对的协定，见紫门如此跋扈，便欲联合起来对付紫门。紫衣挟刀斧杀鸡儆猴，风霜杀意阁在杀手行业中无论是资历还是武力，历来都是个中翘楚，于是就成了他立威的对象。果然之后，再也没有一个杀手宗门敢与紫门叫板，皆俯首臣服。飞鸿会现在如日中天，也并不是没有道理。人称飞鸿七门——朱、白、黄、绿、青、蓝、紫。一个紫门便能杀得武林中所有的杀手门派偃旗息鼓，另外六门也许有过之而无不及，谁又敢直撄其锋呢？更何况七门之上还有一个君临天下的左丘飞鸿，一身超越凡俗武者能够想象的武学道境，与唐白木、刘客幽并驾齐驱，位居当今三大绝世武者之列，即便是三大世家的迟重彻、独霸边塞的燕胡桑，都不能不说稍稍逊色。宗主，如果紫门前来，宗主最好还是不要插手，刀二一人承担便是了。"

木小雨还未说话，身边忽然传来卢曾嬷的声音："听说飞鸿会白门门主——白日依山尽，也是一个用剑的人。"

刀二说道："正是。相传白日依山尽手中一柄长剑已经击败了十大剑派中多位名宿，名声直追江湖五大剑客。"

卢曾嫫说道："那么，紫门若来了就不是你一个人的事了。我还要那紫门门主帮我引荐一下白日依山尽，我好找他去比一比剑术。"

木小雨目露笑意，也开口说道："听闻那黄门门主——黄河入海流，也是一个喜欢丹青笔墨，以画技而入武道之人。那么，紫门来了便不是你二人的事了。我还要让那紫衣挟刀斧帮我引荐一下黄河入海流，我好找他去比一比丹青。"

刀二喉头哽咽，说不出话来。他本来话就极少，今日说到紫门一段长篇大论，实在是因为心中深深不安，生怕因为自己而为宗门招致灾祸。然而卢曾嫫与木小雨这一番言论，却使得刀二觉得自己还是把他们当成了外人，又心生愧疚。

黄七此时跑到前厅来，对木小雨说道："宗主，您交给我们的那个俘虏，我和黑六已经成功把他给气晕过去了，估计一个时辰之内醒不过来。我和黑六正好趁这个时间去一趟县城里，买点干粮用品，一个时辰之内准回来。"

木小雨心中好笑，不禁问道："你们是怎么把他气晕过去的？"

黄七嘻嘻一笑，说道："想着法儿地损他呗，这些世家公子脸皮都薄得很，从小没被这样搞过。黑六哥只不过给他穿了个女人的肚兜，他就一口气没转过来晕过去了。脆弱得很，没什么出息。"

卢曾嫫疑道："女人的肚兜？你们哪来的女人肚兜？"

黄七一下发觉自己说漏了嘴，脸色大骇，望着卢曾嫫支支吾吾地说道："唔…是啊…怎么会有女人的肚兜呢…奇怪了…"

卢曾嫫缓缓问道："黄七，你们是不是偷了我换洗下来的肚兜？"

黄七拔腿就往内房跑去，一边跑还一边嚷道："啊！卢姑娘你不要杀我啊！都是黑六哥干的！与我无关啊！"

三人谈话的严肃气氛被黄七这么一冲，顿时变得缓和了不少。木小雨笑着摇头道："平日里觉得这黑六和黄七疯疯癫癫、吵吵嚷嚷的，没想到在这种时候还真有些意想不到的作用。”

卢曾嬷说道：“什么作用？你就看着他们偷我的 ... 东西？”

木小雨笑道：“自然不会。我一定让他们多赔卢姑娘几件肚兜。”

卢曾嬷：“...”

木小雨道：“已有许久未曾作画了。近日来与掌书使、谢吹琴、刘孤这几战，不禁让我笔意大动，有了丹青涂抹之心。三弟，去准备笔墨纸砚，我要作画一幅，赠与卢姑娘，感激卢姑娘仗剑相助之情。”

卢曾嬷稍稍一愣，未料到他有此一说，有些羞赧地说道：“不必如此客气。”

商三去准备笔墨。木小雨走到长桌前站定，似乎在思量一会儿该如何下笔。少顷，商三端着笔墨纸砚出来，把一张上好的宣纸铺在桌上，木小雨接过画笔，饱蘸浓墨，深吸一口气，忽落笔于纸上，意在笔先，犹如布雨行云。众人只见他笔法稠密，下笔如有千言，却只绘出那凤毛麟角，片瓦残叶。

木小雨笔势如风，笔尖峰回路转，别人眼中他只是手腕旋转，其实他笔尖已有万般变化。墨液由浓转淡，而至干枯，却浓淡相宜，枯荣并茂，每一分墨黑的增减均暗合法度、妙笔天生。他转而拾起桌上另一只画笔，蘸上研墨的桃红色，修饰画面的琐碎细节。众人此时才看出来，木小雨笔下画出的是一个倾国倾城的佳人。

画笔腾挪闪烁，双色并下，木小雨只以墨黑和桃红二色妆点美人，并无第三种颜彩。画面渐渐成型，只见画中娇媚侧身玉立，左手执修长宝剑一柄，头戴红色珠钗，双目水波缥缈，面容如玉雕成，不是卢曾嬷还能是谁呢？

木小雨笔意方定，从怀中掏出一方自己的名印，盖在画纸的左下角，则画已完成。他对卢曾嬷说道：“在下不才，作此画赠与卢姑娘，还望卢姑娘不嫌弃。”

卢曾嬷淡淡应道：“多谢木公子。我一定好好保存此画。”

商三笑道：“不知道这五弟伤好了没有，看来宗主需要五弟的酒了。”

木小雨老脸一红，说道：“三弟莫要胡闹。”

商三笑道："宗主莫要多心，我只是说宗主近日来连番恶战，耗力颇巨，需要五弟酿的毒酒补一补元气。"

卢曾嬷悠悠说道："你们云游画宗果然没一个正经人。"

木池雄推木人相房门而入，木人相正在案边饮一壶毛尖。见木池雄进来，木人相缓缓问道："他们都到了么？"

木池雄回道："都到了。一行十人，正在阁中西首厢房中待命。"

木人相问道："可有人看见他们？"

木池雄回道："应当没有。他们以各种匿遁之术进入，旁人绝看不透究竟。"

木人相满意地点点头，说道："池雄，你说人在一天当中的什么时辰最疲劳？"

木池雄答道："当是子时。"

木人相说道："所以如果要进行暗杀，是不是也是子时最适宜？"

木池雄略一沉吟，回道："未必。我们能想到的，对手应该也能想到。唯有出其不意，才是最佳的时机。"

木人相微笑赞道："不愧是我儿，心思缜密如斯。那依你之见，何时派出这十人去云游画宗行刺杀之计最妥呢？"

木池雄应道："孩儿认为，寅时三刻为妥。阴阳交汇之际，日月轮替之时，乃人一天之中意志最薄弱的时点。这十人又擅长隐匿突袭，乍一现身，会让人误以为是鬼狐仙怪，有惊吓之功。故孩儿建议在此时动手。"

木人相点头道："就依你之言，去安排他们行动吧。记住，以刺杀木梁陈为首要任务，其他人能杀则杀，不能杀也不要逞强，尽快撤离，损失越小越好。"

木池雄领命而去。木人相端起茶杯啜了一口，叹道："有子如此，夫复何求？"

卢曾嬷醒来得很早。她睁开眼，屋外仍然是一片漆黑。这并不寻常。以她这样的习武之人来说，一旦入睡，则气息绵长，身体发肤自行进入休憩状态，轻易不会无故惊醒。

她再也无法入睡，于是穿好衣物鞋袜，将佩剑从床铺上取下，置于桌上。自她开始修习剑术，莫去玉便要求她剑不离身，即便是洗澡、睡觉的时候，长剑都要在手边方寸之处。

卢曾嬷点燃桌上的蜡烛，在烛火下摊开木小雨昨日送给她的那幅画，细细端详。她今年二十有五，早已过了婚嫁之年，可还没有与男子相处的经历。莫去玉这十五年来对她极为严格，甚至都不允许她在正月十五上元节时去街市上看花灯。

她的生活里，除了练剑，再无其它值得庆幸的事了。只是这常人看来单调枯燥的日子，对她来说却是妙趣盎然。她从未把修习剑术当做是一件苦差事，相反，她对于剑术的痴迷甚至还胜过莫去玉对她的期望。是故莫去玉一直以来自认欣慰的事情便是栽培了如此一个剑术奇才，可以将自己"一剑钟情"的剑法发扬光大。

只是卢曾嬷并不满足于仅仅作为自己师傅剑法的延续，她早已青出于蓝而胜于蓝，在每日的精研苦练之中发觉了莫去玉剑法的不足，于是自创了自己的剑法——"我剑"之术。这是她十五年来对自我与剑技关系的冥思所得，对敌之时表面上剑剑朝"我"，然而"我"即是"你"，"我剑之术"在出剑的那一个瞬间将对手与自我互换，使自身与敌手成为这一个特定局面中的共在。对手若不能参破这其中的奕理，则几乎无法抵挡这样的剑术。

卢曾嬷剑术初成，在两广曾挑战了不下十五位剑术名家，无一败绩。行走天下之前，莫去玉也曾亲自试剑于她。二人交手不过三剑，莫去玉即连声赞叹，罢剑不争，允许卢曾嬷代表一剑门行走江湖，遍访武林中剑术名家并挑战。这其中最重要的，当然是要与木郁陶之徒一较高下。

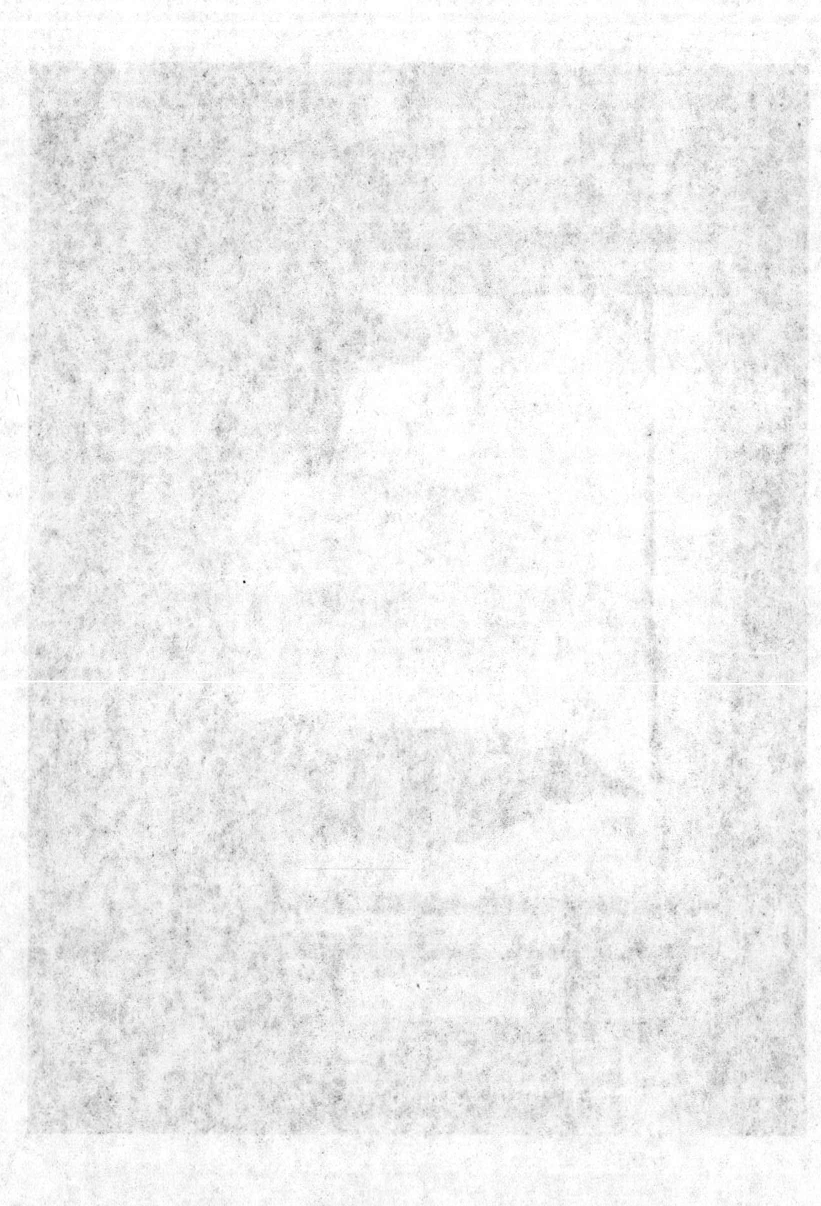

　　卢曾嫫一路行来，除了南武林最强双剑、有"刻舟求剑"之名的陈刻舟、张求剑之外，基本上拜访了沿路所有的剑道宗师，从无敌手。在她的名单之中，西湖蓝家的蓝玄镜，飞鸿会的白日依山尽都在其列。甚至就连已被江湖人誉为天下第一剑客的关墨，她都想有缘一见。可以说除了追求剑道，卢曾嫫的心目中还未曾有过真正男女之事的影子。

　　直至数日前在烟墩遇到木小雨，二人交手，卢曾嫫第一次遇到可以将自己的"我剑"之术以画笔抹去的对手，她心中不禁有些不服，也有一些钦慕。只是这异样的感觉并没有在她的心中盘桓太久，她始终还是看重剑道，提出要与木小雨认真一战，决出高下。不过这几日住在云游府中，目睹这几人插科打诨、嬉笑怒骂，自己竟也被他们感染，变得喜欢上了这种温暖而真实的家一般的感觉。这在卢曾嫫十五年来的生活里是从来不曾有过的。

　　而自己数次出剑援助木小雨以及云游画宗，也是因为心中多了一份不舍，不忍心看到这美好的小宗门被外力侵袭，便决心用自己手中的剑保护这一份不舍。她并不觉得自己的行为有多么仗义，她觉得自己仍是自私的，做这些事只是为了维护自己心中那不为人知的秘密情感。然而身边的这些男人们把她看作义薄云天的女子，对她愈发的好。每天早上，黑六和黄七都会为她的早饭多准备一个鸡蛋。商三从不用她开口，每日都会给她泡好上好的龙井茶。毒五会给她一个一个小小的瓷瓶，告诉她里面装的虽然都是毒物，但已经互相抵消了毒性，都是对女子皮肤有滋养作用的药液。道四更加夸张，会在她的房门上贴上各种道家符纸，说可以保平安、宜修行，最好能在包袱和衣物里也放几张，趋吉避凶。刀二不擅长表达，只是会在每次与敌交手时站在她身边保护她，虽然她也许并不需要他的保护。

　　木小雨看她的眼神是温柔的，她一直可以感受到。自从那天相遇，她印象中木小雨应当是一个放浪不羁的男子，而在这样的男子眼中，常常可以看到的是风流、戏谑、桀骜不驯，而不是温柔。可他看她却越来越温柔，温柔得仿佛是眼神给她的一个绵软的拥抱。她并不讨厌这样的眼神，她现在还有些喜欢上了他这样看她，只是她不知道自己该作何应对。

昨日木小雨在那么些人面前为她作画，并当众宣布是送给她的，这让卢曾嬷有些小小的猝不及防，她害羞了，可她从未有过这样的羞涩。本是江湖儿女，一路行来，遇到不少男男女女，但都是过客，要么是对手，闲言几句，交手数招，要么是乘车马离去，再不会相见，要么已经饮恨剑下，血染黄沙。卢曾嬷从未与男子有过这样的过从交往，她只会淡淡地接过木小雨为她亲笔画下的人像，淡淡地说谢谢，淡淡地收进房中，然而在这淡淡的一连串表情与行动背后，却成了今夜心动、早早醒来的契机。

她在人前没有仔细地看这幅画。而今夜深人静，烛火昏黄，她心中惦念着这幅画，亦开始惦念着画这幅画的人。烛光下的画中人少了她身上的杀伐之气，却多了一层英武之意，这让她很是喜欢。她喜欢他为她画的头钗，以桃红色点缀的腰带，娇小的鞋面上红色的镶边。木小雨在画她人像的时候，已经将她的形体化作笔下的情感，无论是一勾一画，还是团笔润色，卢曾嬷都在其间看出了浓浓的情意。她觉得自己的躯体在无形中被那一支生花妙笔所抚摸，而纸上之墨迹图案，只是那触摸留下的感官印记罢了。

她爱不释手地端详这幅人像，不知不觉已经寅时三刻了。

卢曾嬷听到了水流的声音。她一开始以为是自己听错了，可水流声越来越响，渐渐地变得像是有一条湍急的河流流过她的房门外。卢曾嬷心中疑惑，急忙收起了画，拿着剑推门而出。寂静的院子里有朦胧的月光，院墙边的月影下似乎站着一个人。卢曾嬷心中一惊，正欲拔剑相对，然而那人却从月影中走出来，对她柔声说道："嬷儿，是我。"

卢曾嬷在月光下看到向自己走来的人正是她的师傅莫去玉。卢曾嬷收起长剑，半信半疑地问道："师傅？您怎么在这里？"

莫去玉笑道："为师不放心，特地来此看你。来，你跟我来，前面院中有一座瀑布，正好适合你修习剑术。"

卢曾嬷惊道："瀑布？"

莫去玉已转身往瀑布走去，卢曾嬷只好跟随其后。果然没走多远，在院子的另一边有一个声势惊人的瀑布从竹林的顶端垂挂下来。卢曾嬷仰头去看，竟然看不见瀑布的源头。莫去玉停下脚步，转身对卢曾嬷说："你可还记得，你十五岁的时候，我让你在瀑布下练习刺击？"

卢曾嬷回道："徒儿记得。徒儿在瀑布下练了两年，直至剑身进入瀑布水流而不上下摆动，您才让我停止练习。"

莫去玉点头道："如今你剑术已成，为师还有最后一招传你。以剑撩水，以剑气逆反瀑布下坠之势，使之往上倒流。"

卢曾嬷闻言思忖片刻，执剑进入水中。她站在水中，水凝于她身周，形成一个深不见底的水潭，却不往四处流散。卢曾嬷心中一动，仰头看顶上滚滚而下的瀑布。莫去玉说道："好徒儿，快照为师之言进行撩击！"

卢曾嬷拔剑。剑光在漆黑的破晓之前仿佛惊鸿一闪。

她这一剑没有刺向瀑布，而是刺向了身前所立的莫去玉！

一剑如闪电奔雷，直入莫去玉的前胸。只见人影消散，恍如鬼魅。卢曾嬷身后瀑布"轰"地一声颓然崩碎，大量的瀑布水流淌下来，将卢曾嬷包裹进了一个水的世界。

刀二被木头燃烧的声音惊醒。他睁眼便看到屋外冲天而起的火光，急忙冲出门外，看见整个云游府都被火势吞噬，院墙外的竹子烧得噼里啪啦作响。刀二心中慌乱，想去通知其他人，却发现自己身周已经完全被大火截断。他放声呼喊，可耳中只能听见火苗啃咬一切可烧之物的声音。刀二用刀砍向火墙，火墙被刀劲逼退，中间裂开缝隙，但稍纵即逝，立刻便被旁边的火势补满。刀二刀出如风，瞬息间砍出了十五六刀，身前火墙向内凹陷，竟然被他斩出了一条刀气通道。刀二心中一喜，正准备从通道逃离火势，突然看见通道外缓缓地走进来一个人。来人手拿长剑，正是已经死去的风霜杀意阁另一位供奉阁老——"霜剑"郑素生。

刀二心中一凛，开口问道："素生？你还未死？"

郑素生惨然一笑，喝道："邱纥！我死之时，你在何处？"

刀二疑道："你死之时？你究竟是生是死？"

郑素生不答，反手拔剑。剑刃上附着着火苗，似是一柄正在燃烧的长剑。他长剑指向刀二，厉声喝道："风霜杀意阁只剩下你未死了！我是来带你走的！"

刀二心中恻然。郑素生不待他有所准备，长剑倏地递出，剑气如火，逼得刀二连连后退，却不愿拔刀相抗。

郑素生剑招连绵，惨笑道："邱纥，你别躲，让我刺穿你的心，烧掉你的脏腑，再带你下去向阁中众弟兄们赔罪！"

说完手中长剑连闪，剑气裹挟着火势，委实威猛无俦。刀二闪避不及，被他长剑划中左臂，鲜血飞溅，滴在火上，响起了一片血液燃烧的声音。

刀二仍然没有拔刀。他心中竟然有一种宁愿死在郑素生剑下的想法。也许就是下一剑，他觉得自己也许在下一剑就能解脱了。他突然间没有了苟活于世的负罪感。郑素生的下一剑往他的喉头刺过来了。刀二闭上了双眼。他眼前似乎看见了死去的阁中手足正站在他面前向他挥手。

蓦然间，刀二身侧有大力袭来，厚厚的火墙被巨力击穿，一支画笔便这么横空出世般地探了进来，重重点在郑素生的长剑剑尖。刀二睁开眼时，正好看见郑素生的躯体如烟雾一般散去，而他身边站着的，是一支画笔在手如握寰宇的云游画宗宗主——木小雨。

木小雨也被异响惊醒，只不过他醒来后进入的是一片森林。他灵台清明，早早地发现了其中蹊跷，破幻境而出。他来到院中，看见刀二浑身大汗、双目紧闭地站在院中，身前一个奇异扭动的黑影正向他靠近。他一笔击退了黑影，驱散了刀二的幻境，询问了刀二的幻境景象，缓缓说道："似是以五行之力驱动的幻境，来人看来皆是幻术高手。"

二人正欲去看他人情形，突听院子另一边有长剑斩断山石的动静，一转眼卢曾嫫已从另一边跑过来，对二人说："有人将我困在水之幻境中，我破境后伤了他，被他逃走了。"

木小雨急忙去到其余个人的房内，发现道四与毒五也困于幻象无法自拔，遂出手助他们破去。众人皆被这一波吵闹声惊醒，纷纷从房内奔出，所幸商三、黑六、黄七三人并未被困。

木小雨沉吟道："依目前情况来看，依次有金、木、水、火、土五行幻象。据我推测，应是一人布幻，一人在幻境中扮演角色，所以一共是十人。武林中幻术师极少，这一下凑齐了十位，相当罕见。只是不知他们此行的目的为何。"

卢曾嫫忽然说道："木梁陈有人去看过么？"

木小雨恍然一惊，急忙向柴房掠去。众人进了柴房，只见木梁陈双眼圆睁，喉头一个深深的伤口，早已被割喉而死了。

木小雨默不作声，转身退出柴房。黑六、黄七、商三三人急忙将木梁陈的尸首抬出柴房，置于院中，准备天一亮即将他安葬。卢曾嫫走到木小雨身边，拉拉他的衣袖，说道："木公子在难过么？"

木小雨摇了摇头，叹道："我只是没想到，木人相如此阴险狠辣，为了切断所有事情的联系，竟然连自己的儿子都杀。我徽州木家由这样的人掌权，实乃大不幸哉。"

卢曾嫫说道："木公子没有想过取而代之么？"

木小雨心中一动，转过脸去看她的脸。昏暗的月光下，卢曾嫫的面庞展现出柔美的弧度，眼神中有一种朦胧的坚毅、果决、飒爽。木小雨心想，如果我能与她一起，也许什么样的仇怨都能放下，就此云游四海去了吧。

卢曾嫫见他又盯着她看，眼神温柔得似乎把浮云抱了一个满怀，不禁害起羞来，嗔道："以后不再问你问题了。"

木小雨回过神来，忙道："失礼，失礼了。木家家主之位，我还从未想过。"

卢曾嫫道："哦？为何？"

木小雨说道："我是被木家逐出家门的人，当不了家主了。再说，我生性不喜拘束，放浪四海，家主非我所欲也。"

卢曾嫫说道："木公子如此不好名利高位，实属难得。只是若我是你，一定厉兵秣马，卷土重来，非但入木家门墙，而且还要建功立业，为木家立下汗马功劳，将家主之位从木人相的手里夺过来。木人相阴狠毒辣，对你无所不用其极，是因为他知道你是一个不会与他争的人。你没有卑鄙手段，亦没有险恶伎俩，正遂了他的心愿，使他可以为所欲为。所以要想与这样的人斗，首先得用他们的办法，以其人之道还治其人之身。否则你明他暗，你忠他奸，还没斗呢，在鬼蜮伎俩上就先输了。"

木小雨正色道："若要与恶人斗自己就要成为恶人，那未免也得不偿失了吧。"

"不。"卢曾嫫的态度出奇得坚决。"地藏王为了救赎世人，自下地狱，发宏愿若不能渡这十八层地府里的恶鬼，便永不再成佛。要与恶鬼论道，首先得先与恶鬼在同一个层面上说话。否则，地藏王在天上，无论如何也无法超度亡魂。只是这其中的度得拿捏得当，非有大决心大愿力大智慧之人，不能深入泥潭。入易出难，不被泥潭淹没同化就更难。我看木公子有此悟性才有此言，木公子不必现在就接受，待闲暇时好好想想小女子这番话有没有它的道理。"

木小雨本就悟性奇高，听卢曾嫫说完，立即心领神会，不禁赞叹道："卢姑娘真是好一番真知灼见，在下实在是受益匪浅，颇感惭愧。"

此时毒五走过来对木小雨说道："宗主，木梁陈的尸体不能埋。"

　　天还未亮，木人相的房里就已经亮起了灯光。木池雄站在木人相身侧，正向木人相禀报那十人幻术小队的行动结果。木人相满意微笑，频频点头道："木梁陈这一死，所有事情的线索就都断了。我们还能顺势把他的死推到木小雨的头上，宗家中阁老们这一下可袒护不了他了。以后即便我们名正言顺地对付他，也不会有反对的声音。池雄，这次行动你安排得很好。此次回去后，我会对宗家理事阁宣布你夜来发梦，梦入奇妙异境，经脉自行接上痊愈。此后也不用你在宗家里再继续扮演废人了。"

　　木池雄笑道："多谢父亲。孩儿倒是觉得做一个废人还闲适些，以后恐怕是没那么空闲的时候了。"

　　父子二人相视大笑。木人相忽道："周梦朝他们搬出去几日了？"

　　木池雄答道："前日动身的，四人已经离开了南陵县城，往西南方向去了。"

　　木人相捻须笑道："西南方向正是烟墩之所在。琥珀山庄王、琴、画三人聚首，再加上一个刘孤，木郁陶此番只怕是凶多吉少。"

　　木池雄问道："可是父亲，木郁陶身边亦有金刚鬼童和那画卜师梅目儒，木双声也可随时接应，恐怕周梦朝一行人未必能轻易取之啊。"

　　木人相笑道："周梦朝为人深沉勇决，做事情一定是成竹在胸之后才动手。我木家之前与琥珀山庄打了几年的交道，我对他的性格再了解不过。琥珀一战，木郁陶在战术上胜了他一筹，周梦朝此后一直在反省己身。数年前我秘密派人寻到他和谢吹琴，将其待为上宾，一是为了通过他和常遇春搭上关系；二就是为了让他们去对付木郁陶和木双声，解决我的心腹大患。他同样也是利用我休养数年，将自己的状态调整到最佳，又找到了聂尧水的下落，使己方战力大增，同时又在这数年中摸清楚木郁陶和木双声的情况之后才谨慎行事。故我认为，周梦朝一定已经找到了对付木双声和木郁陶的办法。"

　　木池雄沉默不言。此时忽然有下人惊恐的声音在屋外响起："老爷！老爷！有鬼！有鬼啊！"

木人相推开房门，大声训斥道："胡言乱语！哪来的鬼？"

下人跪在木人相门前，已然失魂落魄，抖抖索索地说道："老爷！梁陈公子回来了！他…他变成恶鬼了！"

木人相闻言一惊，急忙掠出自己居住的别院，来到紫气阁的正厅大院。只见昏暗的院子中有一个人站在树下，背对着大厅。木人相放缓脚步，慢慢走近，低声问道："是梁陈么？"

来人听见动静，蓦地转过头来。只见他面部五官已然扭曲变形，依稀可以辨认出是木梁陈。他喉管被割断，肌肉已经外翻出来，嗓子里发不出声音，只能听见"咯咯咯"的气动音。木梁陈看着木人相，似笑非笑，似哭非哭，情景诡异到了极点。

木人相耸然动容。他没有再靠近木梁陈，而是与他拉开距离。木梁陈似是有些恼火，喉管里的"咯咯"声开始加剧。木人相沉声说道："梁陈，我是你父亲。"木梁陈浑身一阵奇异的扭动，恍如无骨。他举起双手，猛地朝木人相扑过来。

木人相侧身避过，运掌在木梁陈的后背拍了一记。只听"咚"地一声回响，木梁陈体内如同空洞。他被木人相巨力击中，往前一个踉跄，又反身朝木人相扑去。木人相此时心中已有分数，双拳探出，击中木梁陈肋下，骨骼碎裂声不绝，木梁陈再难行动。木人相身形一闪，已来到木梁陈背后，左手探出，抓住木梁陈头颅，右手按住他脖颈，双臂一错，木梁陈头颅飞起，身体软软倒下。木人相握着木梁陈头颅跃过一旁，只见他身体里已经没有鲜血流出，脖颈处流出的却是淡淡的黑液。

木池雄与下人们掌灯过来查探，只见脖颈断处有细小的毒虫慢慢地从伤口里爬出来。木人相抛去手中木梁陈首级，恨恨说道："是毒蛊。一定是木小雨手下那个毒师所为。没想到他不仅收容了风霜杀意阁的邱纨，还包庇'孰毒唐尸三百手'里的人。木小雨啊木小雨，你可知你这是自取灭亡？池雄，你赶快差人通知应天府里我木家的人，让他们传出消息，说风霜杀意阁邱纨未死，匿藏在南陵云游画宗里。

另外还要散布云游画宗窝藏江湖公敌'孰毒唐尸三百手'里毒师的消息，我要让他云游画宗被飞鸿会乃至江湖各帮派势力群起而攻之！"

　　"啪"地一声，毒五面前木盒中一只毒虫爆裂开来，流出黑色的毒汁。他小心盖上木盒，转过身说道："木梁陈的尸身已经被破坏了。"

　　木小雨说道："五弟这毒蛊之术委实玄妙，我虽然早有耳闻，但今日却是第一次亲眼所见。想必这木梁陈的尸身也给木人相他们添了不少麻烦，委实是出了我心头一口恶气。"

　　毒五说道："毒蛊之术我也所用不多，今日不过是第二次而已。这术法太过阴毒，对死去之人尸首大不敬，施术者往往过不了自己心中那一关。只是这木梁陈对我们阴狠在先，我才心无愧疚。"

　　黑六说道："五哥这次骇煞小弟了。以后五哥之言，小弟不敢不听了。"

　　黄七附和道："是啊，是啊，当心五哥把你也毒蛊了。"

　　黑六一拳锤在黄七脸上，黄七吃痛，"嗷"地叫了一声。二人随即扭打在一起。

　　道四忽道："五弟此次施毒蛊，那木人相也许能辨认出来，或许会对五弟不利。"

　　木小雨说道："云游画宗当初敢收容你们，便不惧怕这些事情。相反，我云游画宗以后还要打出名声来，专门收容那些有情有义的江湖客。行走江湖，谁没几个仇家？谁没有难以言说的恩怨？若什么都怕，还是不要行走江湖，闭门入书斋考取功名的好。"

　　卢曾嫫说道："木公子所言有理，小女子也是这么想。我一路挑战剑道名家，刀剑无眼，免不了有一些人死在我的剑下。仇是结了，说不定哪天我也死在了别人的剑下。可我们是江湖人。江湖人，免不了这些事，否则江湖便不成其为江湖了。"

　　黑六和黄七听她说完，突然停下了扭打。二人呆若木鸡，黄七自言自语道："六哥，咱们俩也算是江湖人了，会不会哪天也死在别人的剑下？”

“咳咳，这个嘛 ... 有可能，嗯嗯。”

“可我并没有这样的觉悟啊！江湖为何要如此你死我死大家死啊！”

“老七你镇定一点！你还有这么多哥哥呢，不会看着你不管的。”

“是吗？！六哥你的意思是，如果有人要杀我，哥哥们会保护我直到他们全部被杀死么？”

“咳咳，别闹了，谁会想杀你啊？你个连只苍蝇都打不死的丛货。”

“我不杀苍蝇，可保不齐有人会来杀我啊！啊！我要退出江湖！我不想死啊！”

黑六白了他一眼，说道：“晚了！”

黄七黯然神伤，自怨自艾地叹道：“唉！没想到我黄七人畜无害，一入江湖便再难收手了！罢了！就让我成为这江湖里的一缕尘埃吧！”

卢曾嬷对木小雨说道：“你这宗门里有这样两个活宝，还真是件稀罕事。”

木小雨笑道：“我们的肃杀之气还得靠这两人去化解呢！我走遍南方半壁，好不容易才寻到这样两个人才，可算是稀罕至极了。”

众人正在调笑，忽然又听到有人从正门进来。只见一盏灯笼从门外探进来，紧接着一个圆润的小童子从门外走了进来，正是木双声身边的那个机灵鬼温文。

温文一反常态，两眼噙泪地走到木小雨身前，可怜兮兮地说：“小雨少爷，你快去看看我家主人吧！”

第八章 生死

“温文，你是怎么来的？”

“从山里出来的时候还是夜里，我让马房的刘伯套了两匹马的大车赶过来的。”

“我们骑一匹马去，快一些。让刘伯用剩下那匹自己拉车回去。”

“好！”

木小雨与温文骑在马上，一路往烟墩“韵无穷”的方向飞奔而去。他已许久没有这样在马背上疾驰。木小雨记得上一次还是在木家执行理事阁派发下来的任务时，自己挑了一匹好马，连夜赶往牯牛降。那是一个雪夜。木家理事阁最高行动小组下令，要让牯牛降上的草意堂在日出之前被灭门，一个不留。

那一年，木小雨只有二十一岁。也就是木郁陶卸任家主之位之后的那一年。为了维护父亲以及自己在宗家里的威望和形象，木小雨自告奋勇，接下了这个几乎不可能完成的任务。那时候的他在马背上感受到的，便是如今这样的热血沸腾与局促不安。草意堂雄踞牯牛降多年，堂主岳狂草早年便是古徽州十大武道名家之一，一手惊雷狂草笔法独步江南行省。他手下六位护法每个都是可以独霸一方的高手，因钦慕岳狂草的为人与武功，才甘愿屈居其下。要在一夜之间覆灭这样的一个帮派，几乎是痴人说梦。

木小雨带着自己那支妙笔“生花”，在深夜寂寂的大雪中，策马上了牯牛降。他并不知道草意堂是如何得罪了木家，也不知道这个任务背后是多么肮脏阴险的利益交换。他在乎的只是自己父亲木郁陶的名声，以及要凭一己之力挽回木郁陶一系在木家日益衰败的局面。

深夜的雪冷入骨髓，而躁动的鲜血却是滚烫的。木小雨不记得自己杀死了多少人。"生花"如惊鸿游龙，画出了草意堂的死相，抹去了前赴后继扑过来的生命。六大护法死其四，木小雨亦被击伤了脏腑，在漫天的飞雪中喘息。血流过嘴角，滴在雪上，木小雨感觉到自己的生命在流逝。

岳狂草在最后出战。他与剩下的两名护法围攻木小雨。木小雨以梦幻空花、浮云无尽的笔意破了岳狂草的惊雷狂草书，然而自己又被两名护法再度击伤，他口中鲜血狂喷，往后倒下，知道自己就要葬身在这白雪茫茫的牯牛降之中了。

他醒来的时候，却发现自己躺在草意堂的大殿里，身边是一个火堆，一个锦衣华服的男人坐在他身旁，正是他宗族的长兄——木双声。原来木双声是夜从外游历归来，听说木小雨接下了这个任务，又急忙从宗家赶来牯牛降援手。岳狂草与两名护法最后死在了木双声的手下，木双声从大雪之中抱起了木小雨，木小雨的脉搏其时已微不可闻。

此一战后，木家理事阁将功劳给了木双声，对他木小雨依然不咸不淡。木小雨却和木双声结下了过命的交情，他在木家唯一认可并感激的只有这个宗族的兄长。

然而，木双声却出事了。

"温文，你家主人怎么了？"

"主人他已两天不吃不喝不睡，每天捧着一本经书像痴了一样。我听他在自言自语，说什么欲破障、先撤障，五感皆是阻碍，除去一切才自空明。温文听不懂他说什么，只是觉得主人像是失心疯了，温文只能来找小雨少爷。"

木小雨在马上心急如焚。他只想马再快一些，再快一些。风在他耳畔成了哀鸣，周遭的景色在他眼中成了障壁。天色渐亮，阳光从山顶上撒下来，他却看不见它。他直视着山顶，直视着太阳，他眼中根本没有太阳，只有在那顶上鸟瞰成居的"韵无穷"的微影。

马疾驰到大门外，府中的下人刚刚打开大门，木小雨已不顾马上的温文，一个纵跃进了"韵无穷"。三两个起落来到木双声的睡房，却被丫鬟们告知木双声不在房内，而是在顶上的茶亭之中。

木小雨飞身上了茶亭，只见木双声在茶亭的石桌上盘膝而坐，身前摆着一本古经。他见到木小雨来了，喜而笑道："小雨来得正好！"

木小雨问道："大哥是怎么了？为何几日不吃不喝不睡？"

木双声面露倦色，双眼却更加明亮透彻，缓缓说道："这几日参研这本《阿毗达摩俱舍论》，颇有心得，已悟出破障之法。"

木小雨急道："大哥何出此言？你一身艺业在南方半壁已然没有敌手，又何来破障一说？"

木双声眼中神色一闪，说道："你也说是南方半壁了，可西南的唐白木、东南的刘客幽、左丘飞鸿，甚至是那早已超越所有武者、居于道境顶点的'断空'关墨，都是我面前不得不跨越的障壁。我早已进入自身瓶颈，这几年对声韵之道的修行一直停滞不前，与他们之间的差距也越来越大。小雨，你看见这里和对面宝山寺之间两个山头的距离了么？我时常坐在这亭子的边缘审视对面的山峰。两处距离如此之近，仿佛一伸手就能摸到对面禅寺的院墙，可实际上它们之间是有着明显的距离的。我可以看到对面山峰的景色，可我却无法到达。偶尔两山之间有雁群飞过，我可以飞身而起，中途借力雁身，踏上宝山寺的院墙。可我深知此处非我居所，我仍然要回到我的凉亭之中，凉亭才是我所在的位置。"

"所以，"木双声的声音里透出一股空灵之气，"这部《阿毗达摩俱舍论》正是指引我去对面山头居住的明经。由诸法刹那，相住而有灭。彼自然灭故，执有住非理。应六识俱舍，方能见空性、入空境、识空之空相。空孕育一切，空无所不包却又隐而不发。即便是道，亦在空中生。只是俗世常人，本无空意。了悟空意之人，却又无法彻底灭却六识，得见空貌。这世上只要还有意念，即便进入冥想，忘我游离，亦是自身之冥想，算不得空。只有连忘都不存，一物皆无，无需无我，甚至连空之义也不存，才是真正的'空'。我若能入空境，自能迈过瓶颈，破碎虚空，一窥三大武者甚至关墨可以看到的景色。"

木小雨说道："可这彻底灭却六识又谈何容易？"

木双声双目灼灼，望向木小雨，定定地问道："小雨，你可是已经练成了以生花笔意灭却'眼耳鼻舌身意'六识之法？"

木小雨身躯一震，惊道："大哥！"

木双声淡淡说道："小雨，你若能理解我刚才那番话的意味，便不会想要阻拦我。身为武者，毕生都以能见到武道至境之相为究极愿。我这几年食不甘味、卧不安神，早已失去了活着的乐趣。如今得见通途，我木双声愿意在你的笔下遁入无之极致。小雨，你若还是一个武者，理当助我完成这个心愿。"

木小雨心乱如麻，颓然说道："可是大哥...六识被灭...人如同一具皮囊空壳...与死无异了。"

木双声淡然说道："若唯有此法方能破障，我也愿意赌一赌。"

温文不知何时上来到了茶亭里，哭喊着跑过来抱住木双声，声泪俱下地哭道："不行啊主人！你不要死！温文以后不敢不乖了！温文以后不会再耍脾气了！主人你不要丢下我们而去啊！你不能自寻死路啊主人！"

木双声摸着温文的头，柔声说道："温文长大了，不再是那个几年前动不动就哭鼻子的小娃娃了，是不是？主人并非寻死，只是想安静安静，静下来好想明白一些事情。我父母早亡，膝下无子，你和尔雅皆为我收养之弃婴，我早已将你们视如己出，想要传授衣钵于你们，想亲眼目睹你们长大成人。可是我自己还有一些困惑尚未解决，这些困惑如附骨之蛆，一直在消磨我的意志。温文也不想看着主人受这样的煎熬吧？"

温文点点头，双眼含泪地说道："不想。温文不希望主人受任何苦。温文希望

主人可以好好的。"

木双声笑道："那就是了。主人此次把这些困惑解决了、想透了，以后就不会再受这些折磨了。那时候，主人就可以安安心心地教你和尔雅武道，看着你们慢慢岁至舞象、弱冠之年，带着你们走出'韵无穷'，到江湖上历练云游。你说可好？"

温文说："好…主人一定要说话算话！"

木双声轻抚过温文额头，温文像被施了咒术一般昏昏睡去。他轻轻地把温文放在一边，对木小雨说道："我已经准备好了，你可想清楚了？"

木小雨缓缓摇头，拳头捏得"咯咯"作响。

木双声说道："今日事了，你最好能去烟墩小筑一趟，周梦朝他们近日应该要对你父动手了。"

木小雨沉声说道："你明明可以自己去的，现在却要撒手不管了么？"

木双声叹道："你父任家主之时，我为他鞍前马后做了不少事情。当年琥珀一战我也参与了，这些年我也一直在这里照应。我累了，不再想管这些没完没了的江湖事。扪心自问，我木双声对得起他木郁陶，也对得起木家。我唯一亏欠的，应该就是温文和尔雅这两个孩子了。只是时不我待，我此次若能入空境后破障而出，再对他们施慈父之爱吧。动手吧，小雨！"

木小雨沉默半晌，忽然右手一伸，手中已多了一支画笔。

妙笔生花。

他身为一个武道大宗师，自然可以明白木双声说的那番话，只是他心中不忍，因为他知道六识一旦被封，无论是谁都难以再自行冲破阻碍，回复神识。可木双声早已心无杂念，一心求空，自己若是一直这么扭捏下去，反倒显得自己太过自私了。

木双声见他迟疑，朗声说道："当年我在大雪中救你生还，是因为你求生而非求死。这么些年，我从未求回报。今日，我求六识入空，你也应当还当年欠我之情了。"

木小雨忽地流下两行眼泪，口中念道："下马饮君酒，问君何所之？君言不得意，归卧南山陲。但去莫复问，白云无尽时。”

他屏息凝神片刻，整个人变得沉静、安宁，像远天外漂浮着的一朵白云。木小雨抬起头望着木双声，稳稳说道："大哥，小弟不敬，要以大哥为笔下之物了。"

木双声微微一笑，闭上双目，喃喃自语道："待我一窥俱舍妙境，再回来做你的大哥。"

木小雨画笔点出，先袭上木双声眼眉间，笔锋一颤，喝道："眼识，灭！"又卷至双耳，喝道："耳识，灭！"再来到鼻端，喝道："鼻识，灭！"来到口唇上，喝道："舌识，灭！"笔意一散，裹住木双声全身，喝道："身识，灭！"

笔尖回转，木小雨高高跃起，笔势下行，点在木双声头顶百汇，木小雨大悲三声，泪如雨下，大喝一声："意，灭尽！"

木双声身体再无丝毫生气，软软地歪倒在石桌上。木小雨几乎泣不成声，过去将木双声的身体在石桌上摆正。温文此时悠悠醒转，看见木小雨痛哭失声，心知不好，他却变得沉静无比，问道："小雨少爷，我家主人是不是…"

木小雨哭道："六识已灭，你家主人已去空无之地解困惑了。"

温文出奇得镇静，对木小雨说："小雨少爷，麻烦你把主人抱进他的睡房。主人好几天没休息了，应该累了，也要睡觉了。"木小雨闻言点点头，抱起木双声，进了他的睡房。

温文替木双声盖好被子，转头对木小雨说道："小雨少爷，你去忙你的事吧，这里就交给温文。温文不会离开主人半步，会一直守在他身边等他醒过来。主人答应过我，说要传授衣钵给我，看着我长大成人，主人不会骗温文的。温文长大了，不再是那个动不动就哭鼻子的小娃娃了。温文不哭，温文等着主人醒来，主人醒过来不会看见温文哭，主人会夸温文长大了，是个大孩子了。"

他坚强地坐在木双声床边，盯着木双声毫无生意的面孔，眼睛一眨也不眨。木小雨走到房外，不禁悲从中来，无声饮泣。他没有回头，一路走到"韵无穷"大门外，疾奔下山，转而往烟墩小筑的方向而去。木双声临行前嘱托他要去烟墩小筑照看木郁陶，木小雨没有忘。

他脚程极快，不到半个时辰便已经进入了烟墩小格里，木郁陶所在的地界。木双声将"韵无穷"安置在距离烟墩小筑不到四十里外的山地，本意便是可以在木郁陶出事的时候可以驰援相助。小格里风景如画，几十里之内皆为起伏丘陵，峰峦错落。其内山泉汇聚成池潭，有五连池、大小天池。山间亦多溶洞，怪石奇异、石笋万千。在古油盐寺遗迹旁，是小格里境内的神女峰，烟墩小筑便建在这神女峰的上端。

木小雨几个起落便飞掠过油盐寺的断垣残壁，往神女峰顶跃去。他虽已有多年未曾回来过，可对这里仍然轻车熟路。木郁陶归隐后不久，他就经常来到此处陪伴木郁陶。盲叔和金刚鬼童常常劝他继承其父衣钵，毕竟木郁陶一身惊人武功独步江南，名震武林的"烟拳"、"雾掌"、"云体风身"三绝艺并不在江南三大世家之首迟家的"指点江山"、"拳倾天下"之下，如果没有人传承，白白失传了就太可惜了。可木小雨坚持认为武学之道必须量体裁衣、因材施教，武功自身本没有绝对的优劣，只有适合自己的才是最好的。他一向对拳掌之类的武学无感，只是对画艺痴迷，故师承盲叔，彻悟了以画入武道之途，并青出于蓝而胜于蓝，一手密体笔法早已超越其师而臻入大宗师之境。

木小雨身法如风，已经到了神女峰的上坡处，远远地可以看见烟墩小筑那二层小楼上的飞檐。他心中有些犹豫，身形慢了下来，正在此时，前方一个矮小的身影突然如鬼魅般蹿出，出手一拳就击向他右肩。他右肩一沉，只觉得肩头上那一拳去势极重，竟压得自己右肩微微晃动。木小雨往旁跳开，喝道："鬼童！是我。"

来人闻言一顿，惊道："小雨？你回来了！"正是金刚鬼童。他在楼中听见木小雨的脚步声，遂出来阻击。没想到自己突如其来的一拳竟然被轻松避过，金刚鬼童心中正暗自惊疑，听到木小雨的声音，这才又惊又喜。

木小雨笑道："六年未见，鬼童的拳劲越来越不可挡了。若不是我躲得快，一条胳膊肯定被你那一拳废掉了。”

金刚鬼童也笑道："我方才还在纳闷谁能躲开我这势在必得的一拳，居然是你小子。有长进，一会儿有空不妨切磋一下，看看你小子现在武功究竟如何了。"

木小雨道："此次回来，是受了我大哥所托，要见父…木郁陶。"

金刚鬼童说道："这么多年了，还是不肯喊他一声父亲么？木双声托付你？他自己怎么不来？"

木小雨神色黯然，说道："大哥已经来不了了。我们先入小筑吧，我有事要和你们说。"

金刚鬼童不再多言，二人来到小楼下，只见盲老者已经站在楼外窥听。他听见木小雨的脚步声，淡淡地说道："有人六年前一怒而走，今日终于知道回来了。"

木小雨急忙上前两步，看见盲老者须发皆白，面容更显沧桑，不禁动容喊道："盲叔，是小雨回来了。"

盲老者微微点头，伸出手去抚摸木小雨的面孔，一边自言自语地说道："没变，没变，我那雨儿还是这副模样。"

木小雨眼中含泪，说道："盲叔可还好？"

盲老者长叹一声，说道："我活一天是一天，了无牵挂，也没什么大碍。倒是你爹他…"

木小雨神色一动，问道："他怎么了？"

盲老者缩回手，拄着拐杖，缓缓摇头。他没有说话，只因他听见身后传来脚步声，一个高冠老者已经站在他身后，正目不转睛地盯着他身前的木小雨。

木小雨看见他来了，只是冷冷地说道："我还以为你怎么了，没想到还是这么高冠古衣，一副家主的气派。可惜木家家主早已不是你了。"

高冠老者正是木小雨的父亲木郁陶。木郁陶听木小雨说完，重重地"哼"了一声，说道："不肖子还有脸回来？几年来音讯全无，眼中无父无师！你当年恨我责罚你也就罢了，可目儒待你不薄，是你授业恩师，也没见你回来问候，真正天性凉薄！我没怎么，就算有什么了，也不指望你来照料！”

　　木小雨心中火起，说道："若不是我大哥嘱托我来告诉你一声，周梦朝他们近日可能会来对你们不利，我才不会回到这地方来！盲叔之恩，小雨定会择日再报，而你，就算死在我面前，我也不会为你掉半滴眼泪！"

　　盲老者突然喝道："小雨！休得胡言！你可知道你在说什么！"

　　木郁陶只是淡淡地问道："周梦朝？他还没死么？"

　　木小雨冷冷回道："不仅周梦朝没死，琴师与画匠也没死。周梦朝身边还有一个使刀的年轻人刘孤。"

　　金刚鬼童忽然问道："小雨，你刚才说木双声来不了了，是怎么回事？"

　　木小雨神色一黯，低头说道："大哥欲入空无境，要我封了他的六识，如今已经神魂尽灭了。"

　　木郁陶怒道："他要你做，你就做了？"

　　木小雨不答。木郁陶怒极反笑，说道："好！从小就喜欢自作主张，今日终于被你铸成大错！双声糊涂，你也陪着一起糊涂！"

　　盲老者说道："六识被灭却，怕是无人可以再醒转了。小雨，你为何会答应他做出这样的事来？"

　　木小雨叹道："我欠大哥一条命，大哥在今日让我报答他。我也不忍，可我能体会大哥的求极之心，若不如此，恐怕他一辈子都不得安心。"

　　木郁陶冷笑道："为了安心，连命都不要了！还有你这样的兄弟，居然也下得了手！？双声如果就这样死了，你今后能解得开自己的心结么？"

　　木小雨回道："我相信大哥可以破境而出，彻悟空无，超越关墨、唐白木、左丘飞鸿等人，屹立武道顶端。假如不能，我也能明白他的向死之心，我不遗憾，我也不会因为自己的不忍而阻止他，那样其实是为了我自己，而不是为了他。"

　　木郁陶"哼"了一声，没有说话。金刚鬼童忽道："这是木家之事，我本不应该多言。只是我很赞成小雨这番话，亦可以理解双声先生的选择。"

　　盲老者悠悠叹道："双声啊，就是太聪明了，聪明得已经不在乎生死胜负，而只求内心宁静。我早先知他退出木家，来此隐居，以为他会就此作罢，没想到他还是没能抵挡自己心中真愿。小雨那句话说得不假，我们不能为了自己的不忍而去阻拦他做他真正想做的事情。只愿双声可以自空无转来，得证武道空境之伟。"

　　木郁陶大袖一拂，转身而去。盲老者待他远去，才对木小雨说道："小雨，你刚才那番话说得太重了。你爹这六年来日日夜夜都在担心你，他何尝不盼着你平安归来？唉，父子一场，何必如此决绝。"

　　木小雨说道："盲叔，六年前他把我打得不省人事，还要废了我的武功，你不是不知道。我因气不过木池雄说他的坏话，才打残了木池雄，可他居然要废了我的武功，作给那木人相看。那时我与他已恩断义绝，不再有什么父子情谊了。"

　　盲老者叹道："那木人相心胸狭窄，城府极深，你爹深知他的为人。他新任家主之位，你却废了他的亲生儿子，他肯定会使尽手段来折磨你。你爹无奈只好出此下策，要不是刘客幽说动徐大将军出面保你，木人相也许真的会用各种阴狠手段对付你。你爹固然出手重了，可你却不能这么怪他。"

　　金刚鬼童忽又插嘴道："这次，我觉得梅先生所言有理。小雨，你父爱你极深，只是不善表达。你与你父性格脾气如出一辙，父子二人针锋相对，终是命里冤家。我劝你退一步想想梅先生的话。"

　　木小雨默然半晌，说道："盲叔，我今天不走，在这小住几日，陪你说说话。"

　　盲老者喜道："好极！你的房间一直空着，自你走后就没人动过，打扫一下就可以住了。难得你这么多年才回来，今晚要把那坛埋了十年的老酒挖出来开了，我们痛饮一碗！"

　　木小雨笑道："好，今晚陪盲叔一醉。"

　　金刚鬼童说道："嗯，既然有空，那么明日还要记得与我切磋一二。我在这里这么多年一直没有认真地和人交过手，闷也闷死了。"

　　三人进了小楼。金刚鬼童先去收拾了木小雨的房间，打扫干净后，又去山下挖那坛老酒。木小雨进了自己的房间，发现果然无人动过，六年前他放在屋内桌子上的画笔和砚台还在那个位置。故地重游，木小雨不禁有些黯然神伤。房间里的窗户外是神女峰上的树林。他记得以前娘刚刚去世的时候，他就趴在这扇窗边对着窗外的密林嚎啕大哭。木郁陶是个老派的父亲，从他儿时起就见不得木小雨哭哭啼啼、耍赖撒娇，总是严厉呵斥。而那次却罕见地没有训斥他，只是任由他在清净无人的神女峰上哭得歇斯底里。

　　木小雨坐在床沿上，抚摸着床边矮几上几个木雕人像。他年轻时不仅画工出众，还热衷于雕木头，会把木头雕成各种各样的人物与牲畜，惟妙惟肖，不可多得。他雕过盲叔、金刚鬼童、娘、木双声、刘客幽、娘养的兔子、山笋、野鸡，可就是没有雕过自己的父亲。木郁陶在他心目中打小就是一个不可亵渎和亲近的严父形象，他不知道自己的刻刀应该从何处雕起，手中的动作与心中的情感根本不能够联系起来，化为刻刀下的线条与明暗。

　　金刚鬼童把酒开坛，又去树林中抓了几只野兔，一只山鸡，去毛剥皮，用盐和葱、姜、蒜及黄酒腌制起来。又挖了一根春笋，洗洗干净，切成薄片，准备与兔肉同炖。一切准备妥当，为木小雨和盲叔泡上新茶毛峰，日头已经渐渐西斜。

　　木小雨笑道："几年不见，鬼童居然已经有了大厨的手艺，真是不可想象。想当年横行西北，连伏妖洞都不敢直撄其锋的修罗鬼道之供奉，如今居然在这山林之间修身养性、上得厅堂下得厨房，委实令小雨仰慕。"

　　金刚鬼童"嘿嘿"一笑，说道："早就没有什么修罗鬼道了，当年的金刚鬼童，如今只是主人的奴仆罢了。"

　　盲老者说道："鬼童，郁陶从未将你视为奴仆，而是把你当作侄儿，你自己应该清楚。只是你当年杀孽太重，他将你收服后为磨炼你的性情，才让你做下人所做之事。这么多年下来，你自己改变了多少，自己心中应该有数。"

金刚鬼童说道："不错，主人从未说过我是他的奴仆，只是我心中有愧，想起当年自己所作所为，实在是无地自容，这才自愿为奴为仆，抵消自己心中的愧疚。主人待我亲如叔侄，我很清楚，还请梅先生放心。"

木郁陶自从刚才进了房间，就再也没出来过。他理应听见木小雨已住在此处，可他一直未露面说话，想来应该是默许了。

盲老者点点头，说道："我梅目儒当年被强敌毁去双目，也幸亏得郁陶收容，否则下场一定凄惨无比。如今我那仇人已经死了，我却还活得好好的，不能不说也是老天爷替我报了仇了。我素来极敬重郁陶为人，今晚这一顿酒，也不能不请他一起。小雨，能否替你盲叔去请你父亲来同饮一杯？"

木小雨神色一滞，准备拒绝，但见梅目儒神情坚决，也不忍拂他好意，只得起身往木郁陶的房间走去。他行至房门口，轻敲房门，无人应答。他又敲数下，依然没有声音。木小雨觉得蹊跷，推开房门，只见木郁陶翻倒在地，口角有血迹。木小雨急忙进去扶起木郁陶，高声唤来梅目儒和金刚鬼童。梅目儒搭了搭木郁陶的脉搏，连声叹道："糟了！糟了！"

木小雨不明所以，连问何事。梅目儒幽幽说道："你父肺经受损，无药可医，平时靠内力强压病势，久而久之，病入膏肓。今日发作出来，已然回天乏术了。"

第九章 死不单行

入夜后，烟墩的山上下了一场急雨。

木小雨与梅目儒、金刚鬼童在晚饭时喝了整整一坛埋了十年的"醉月宫"，酒意微醺，此时正站在小楼外的空地上沐浴着这一场突如其来的春雨。雨势不小，拍打在木小雨的脸上、身上、手上，他体内肆虐的醉稍稍平息。下雨之前，山里还能看见一轮上弦月。月华未央，乌云遮天，木小雨此时再看不见那一枚月轮，他知道它也醉了，正躲进月宫里入眠。

山上的树在白天的时候像一杆杆长枪，直插入云，可到了晚间，却像是宫殿里沉默而坚韧的立柱。木小雨认识这些树，有几棵还是他亲手栽种的。它们都长大了，难以想象般地从泥土里钻出来，长成与其余的巨树共同生活的伙伴。伙伴，想到这里，木小雨不禁嘴角露出了微笑。我也有伙伴，我的伙伴们都很好，他心里这么想。

树木是泥土的孩子，是山的后代，是水的门徒，是阳光的追随者。木小雨在这片寂静的树林前默默沉思。六年来，他过的是无根的日子，他妄图使自己成为根系，钻入地下，把自己埋到离地面最深的地方。云游画宗是根系的枝干，木小雨也有了自己的门徒。可他知道自己同时也是另一株更古老、更庞大、更深入的根系的枝叶，枝叶在空中，而根系在土里，枝叶本身无法成为根系，只有坠落的种子才是根系的源始。

他坠落了么？如果他坠落了，那么木双声便是自行脱离的种源。他放弃了成为另一个根系的可能，而却去寻找在所有种子和根系出现之前的真相。而他呢？他只是那普普通通被风吹落的树种，埋入泥土、深入水纹，在一片漆黑中孕育着自己的未来与领土。说到底，他仍旧没能摆脱自己父辈们的道路。

与自己的父亲斗气这么些年，今日难得返还，却见到了行将就木的老人。木小雨不知道该如何言说这样的情感。他清楚地记得就在几个时辰之前，他还信誓旦旦地指着自己的父亲说，即便他父亲死在他面前，他也不会落下半滴眼泪。这是一种对自己的讥讽么？几个时辰前说的话，可以完全不作数么？木小雨的脸被雨水完全打湿了，他不知道这些潮湿里有没有泪水，他只觉得眼角有微微发热的水迹。

喝完酒后，金刚鬼童去侍候木郁陶用饭，可木郁陶牙关紧闭，已经是滴水不能进了。他们和他说话，他恍若未闻，他们摸他的双手，手掌冰冷刺骨。唯有呼吸依旧绵长，木郁陶一生勤修吐纳之法，至此时仍然气息平稳。

梅目儒已经睡了。今日木小雨归来，他欣喜异常；木郁陶倒下，他又忧伤莫名。他晚上一人就喝了两斤"醉月宫"，早早地便熬不过了。木小雨从小在他身边长大，总觉得盲叔比自己的父亲还要亲切，也许是因为盲叔对他并没有太高的要求吧，只希望他平安、快乐。而他的父亲，却对他寄予了最高的希望。

木小雨出生时，天降暴雨。木郁陶遂为他取名小雨，一来应证天象，二来希望雨可以小一点，细水长流。这第三点也是大多数人都不知道的，木郁陶仰慕前代有白小楼，一柄弯刀"小楼一夜听春雨"纵横江湖，从无敌手。木郁陶取了首尾二字，便是"小雨"。他在神女峰建烟墩小筑，也是效仿前代遗风，二层小楼，夜听春雨。

木小雨渐渐长大，展露武学天赋，木郁陶看在眼中，对自己的发妻说，将来他的成就不会在蓝佑臣之下。蓝佑臣是西湖蓝家先祖，始创"玄瞳镜剑"，纵横捭阖，是百年来的武林神话。后来，关墨、唐白木、左丘飞鸿、迟重彻渐渐崭露头角，在兵马乱世中风云际会，木郁陶又希望木小雨可以与他们并驾齐驱，甚至超越他们。只是他从不在木小雨的面前表现这样的期待，在木小雨的记忆中，木郁陶永远都是称赞刘客幽、木双声，而从未当面夸奖过自己。

　　我有着一个怎样的父亲啊。木小雨在迷离的小雨中微微苦笑。我又是怎样的一个儿子呢？盲叔与大哥一直说，我和他都是一样的脾气，倔强、顽固、死不服软。我和他是一样的。我在气恨他的时候，其实也是在气恨我自己。为何不能顺着他意？为何不能对他服软？为何不能迁就他一些？我越是做不到，就越是生气，越是生自己的气，就越是对他顶撞。我想他也许和我也是一样的吧。他从不对我温柔，只是想掩饰自己心中那止不住的牵挂；他从不夸赞我，只是不想显露出他早以将我作为他的骄傲。而我，又何尝不是如此呢？我心中最仰慕的人，正是自己的父亲，而我却从未对他说过。木家人才济济，高手如云。刘客幽自不必说，木双声也是惊才绝艳，可我最佩服的人，却是我的父亲。他半途接掌木家，带领木家成为了徽州第一大势力，与江南三大世家与西湖蓝家分庭抗礼。又剿灭了同样不可一世的琥珀山庄，他不知道那天他与刘客幽、木双声凯旋归来的时候，我本将他作为我此生唯一崇敬的人物。

　　可是，他却要走了。就在六年后的现在，我刚刚回来看望他的现在，他却要离开了。他是如此地厌烦我么？六年未见，一碗酒也未喝，居然迫不及待地就要去往那个我无法涉足的地界。假如我不是今日回来的话，是不是你连最后一面都不愿见我，就这样撒手而去了？你还是太刚硬了，你宁愿心怀悔恨地死去，都不愿意说出一句示弱的话，父亲，你还是太刚硬了，你的刚硬在我身上也是一模一样的。

　　木小雨淋够了雨，转身进了小楼。将衣服脱下，把头脸擦干，他在自己的房间里沉沉睡去。他做了一个梦。梦里，木郁陶依然还是木家的家主。刘客幽、木双声站在他左右。他自己却一身新郎官的打扮，回首见到新娘子正从远处款款走来，正是巧笑嫣然的卢曾嫫。他们在木郁陶身前跪下磕头，木郁陶罕见地露出笑容。突然，剑光一闪，卢曾嫫长剑在手，一剑便刺入了木郁陶的胸膛。木郁陶血流如注，刘客幽与木双声却站在他背后拍手叫好。他上前抢夺卢曾嫫手中的长剑，卢曾嫫冷漠地看着他，说："你我还未分出胜负，今日却成亲了，我只能杀了你的父亲，向我师父复命了。"

木小雨猛然惊醒，发现已是日上三竿了。一夜小雨过去，早晨的阳光出奇得好。他起身穿好衣服，推开房门，惊异地发现木郁陶高冠古衣，正坐在大厅的椅子上喝着一杯"雀舌"。只见他神完气足，丝毫没有昨天晚上那种将死的神情。

梅目儒听见木小雨出来，急忙说道："小雨，快来，来给你爹请安。"

木小雨走过去，抬头看着木郁陶的脸。这是一张皱纹交错的面庞，每一根皱纹里都有着数不清的纷争与历练，斜长的眼睛里没有了怒火，却有着一丝不易察觉的忧愁。木小雨已有很多年没有好好端详这张脸，今天看到了，心里有说不出的滋味。他站在木郁陶身前，低头，躬身，轻声说道："给父亲请安。"

他感觉到木郁陶的身体抖动了一下，不过很快就平息了。只听见木郁陶略带嘶哑的声音说道："你准备准备，我们一起去'韵无穷'探望双声。"

木小雨默然退下，收拾停当，四人即往"韵无穷"行去。一路上木小雨担心木郁陶的身体，暗中询问梅目儒，谁知梅目儒神色淡淡的，并不回答他。金刚鬼童也是一脸严肃，不理睬他。木小雨心里有着一种很不好的预感，可却没有敢说出来。

大约一个时辰后，四人便来到了"韵无穷"的门外。下人来开了门，四人走进木双声的睡房，看见温文和尔雅都坐在木双声的床边，四只小眼睛都哭得红肿红肿的。

尔雅见他们来了，又忍不住哭道："老家主，小雨少爷，主人怕是回不来了！"

温文突然暴怒骂道："你胡说什么？！闭上你的狗嘴！主人一定能回来！主人答应过我，他就一定能回来！"

木郁陶神色肃穆，走近查看了一下木双声的身体脉搏，果然没有一丝一毫的生命徵象。他喟叹一声，说道："双声你先走一步，我很快就要来了。"

木小雨闻言一惊，突然想到木家有一门功法，可以延缓将死之人的死亡趋势，犹如回光返照，但数日后便会萎顿，暴毙而亡。他本来暗自希望木郁陶病情好转，可以再多活一些时日，听见木郁陶这么说，心里立刻凉了半截。

温文的表情一如魔怔了，只是不停地自言自语："不会的，主人没有走，主人

会醒过来的。主人答应我要回来看我长大，陪我出去闯荡江湖，主人不会走的，不会的。"

梅目儒忽然说道："也许是我听错了，但我确实从双声的身体里听到了些微的动静。非是脉搏，也并非呼吸，是一种我也说不清的东西。如果人有魂魄，那么盲老儿听见的没准儿就是魂魄之音。"

温文喜道："盲爷爷，我家主人是不是还活着？"

梅目儒斟酌半晌，才缓缓说道："是不是活着，我可不敢断言，被剥夺了六识，任谁也不会有生命徵象了。只是我觉得他体内还有着些什么，不曾灭失，那也许便是六识之外的物事了。"

温文说道："我就知道，我就知道主人他不会有事的。他一定胸有成竹才会这么做的，他一定可以突破六识，从空无之墟中返回来的！"

木郁陶在木双声床前行了一礼，转身离开。四人走出"韵无穷"大门，木小雨忍不住问道："盲叔，您真的听见大哥体内的声音了么？"

梅目儒回道："世间万音皆入我耳，唯有魂魄之音，似真似幻。我也许没有听见，也许听见了，但我宁愿相信我听见了。你看温文那娃儿，你可忍心让他就此痴怔？予人一点希望，总是好的。"

木小雨默然。木郁陶手扶顶上高冠，沉声喊道："小雨。"

木小雨微微一愣，只因这是木郁陶这么多年来第一次唤他的名字，即便昨日二人相见，木郁陶也并未喊他。此时木郁陶忽然唤他，木小雨反而有些不知所措，竟呆在原地，没有作声。

木郁陶又唤了他一声："雨儿。"

木小雨长舒一口气，应道："父亲。"

木郁陶缓缓说道："木人相在南陵的居所你可知晓？"

木小雨回道："知道。"

木郁陶正色道：“前面带路，我要去找木人相。”木双声之前向他说过木人相与木梁陈带人袭击云游画宗的事情，木郁陶当时听了并未有何反应，此时却忽然要去面见木人相。要知他与木人相已经有九年未见了。

金刚鬼童浑身骨骼“喀喀”作响，摸着拳头笑道：“看来今天终于可以活动活动筋骨了。”

一辆马车从山坡上缓缓地沿山路下来，车头处有三匹矮马，车辕上坐着一个赶车的垂髫童子，马车车厢外用布条挑着一个字招：韵。

木郁陶一行人从“韵无穷”里借了马匹和车辆，已经行至南陵县城外。梅目儒忽然说道：“小雨，听说你自己的宗门驻地也在这附近，是不是？”

木小雨回道：“正是。往西南方向行十里就到了。”

木郁陶在车厢里正襟危坐，高冠耸立，突然言道：“鬼童，转西南方向，先去小雨宗门驻地。”

金刚鬼童在车厢外应了一声，调转马头，就往云游府方向行去。

云游府中，商三正在缠着毒五要壮阳药酒，道四和黑六、黄七说着以前在江湖中的趣事。刀二坐在大殿里，正与卢曾嬷谈着那日幻术里的景象。前院里啄着竹子的雀鸟忽然受惊飞去，众人注意力这才被吸引到前厅大门处。只见一个高冠古衣的老者颇有威严地从大门里走进来，身后跟着一个拄着拐杖的盲老者，以及一个垂髫小童。

黄七跑上前去，仔细研究了一番老者的高冠，问道：“老伯，你戴这么高的玩意儿在头上，进门的时候会不会磕着？”

高冠老者不答。盲老者笑道：“小雨身边有这样的门人，平时应该不会太乏味了。”

金刚鬼童看见卢曾嬷坐在殿上，说道：“哦？原来你也在这里，你我那一战还未分出胜负。”

卢曾嫫淡淡说道：“你若想比，我没有意见。”

黄七此时跑回去和黑六窃窃私语：“哇，原来那个小孩子和卢姑娘还交过手啊！咦？一个小孩子怎么可能是卢姑娘的对手？”

“那他就不是小孩子，他只是装成小孩子。”

“不对啊，谁好好地装小孩子呢？六哥，你说他是不是从小没有童年长大了才想做小孩子的？”

“有可能哦。还有那个戴高帽子的老头，一定是喜欢被别人戴高帽子。”

“是呢是呢，你看他从刚才进来到现在脸上都没有表情哦！好冷酷啊，老人家这样就显得太做作了呢。”

“这样的老人会不会没有儿女？也许有了儿女也和他一样喜欢装腔作势。”

卢曾嫫忍不住回过头去，轻声对他们两人说道：“你们真的不知道他是谁么？”

黄七不屑道：“我才不认识这样的怪老头呢！”

黑六翻白眼道：“我也不想认识。”

卢曾嫫望着他们，缓缓说道：“他是你们宗主的爹，徽州木家的前任家主，木郁陶。”

黄七：“……”

黑六：“……”

木小雨这时才从门外走进来，发现大殿中的气氛很古怪，有些诧异。木郁陶站在大殿外的院中，威严肃立，朗声说道：“这处地方不错，这些人也不错。”

黄七：“……”

黑六：“……”

卢曾嫫对木郁陶说道：“木前辈别来无恙。小女子暂住在此，只为能和令郎一较高下。”

木郁陶淡淡说道：“金刚鬼童都拿不下你，足见你剑法已经登堂入室了。和犬子切磋无妨，切磋完了多住一段时日也无妨。”

卢曾媜听出他话中的弦外之音，不禁有些脸红。木郁陶将殿中数人全部仔细端详之后，忽对毒五说道：“你身周毒气萦绕，体内有毒液流转，想来应该是‘孰读唐尸三百手’里的人。”

毒五神情一悚，没有说话。木郁陶也没有期待他作答，又继续对道四说道：“看你手脚沉劲有力，步伐灵动，似是正一道‘朝闻道’功法。”

道四双肩一耸，也没有作答。木郁陶目光停留在刀二身上，缓缓说道：“你左手执刀，右手静止时依然有忽吞忽吐的劲力，显然是一位擅长拔刀之法的刀客。而武林中擅长拔刀术的人本就凤毛麟角，最出名的当属当年风霜杀意阁的供奉邱纥。”

刀二忍不住问道：“敢问前辈是如何看出来我的右手异常的？”

木郁陶说道：“你有意无意间总是在关注自己右手到左手刀柄之间的距离。这种在意很不明显，但却存在。你的右手被这样的意念带动，虽然静止，但右臂的肌肉会暗暗收紧或放松，不仔细观察也是看不出来的。”

刀二由衷说道：“晚辈佩服。”

木郁陶点了点头，转过身来，说道：“可以走了。”

金刚鬼童说道：“主人，我和那位卢姑娘还没有决出胜负。”

木郁陶说道：“将来有机会会让你和她一决高下的，今日却不行。”

金刚鬼童不敢违抗他，只得转身跟着出门。木小雨对刀二等人说道：“我们要去城东紫气阁找木人相，你们就别去了，待在这里等我回来。”

卢曾媜说道：“可是要交手了？若要交手，我愿同往。”

木小雨说道：“卢姑娘还请待在此处。万一有什么人来骚扰，以卢姑娘的剑术，当可护他们周全。”

卢曾媜叹道：“我就知道被你当做护院的打手了。”

木人相坐在紫气阁的大厅里，翻看着十幻的履历。十幻这支十人小队是他从八年前开始培养的幻术师队伍，其中十人皆是无父无母的孤儿，被木人相通过机密渠道从江湖中网罗而来。原本参加选拔的是五百名孤儿，最后剩下的就只有这十人。这十人八年来被他训练得沉着、狠辣、机敏，木人相近几年来暗中派他们出去执行的任务，他们从未失手过。

木人相对这十个人素来是因材施教，他手中的卷宗里详细记录了每一个人的习惯、嗜好、特点。行动时每二人为一组，木人相需要充分掌握每个人的每一个性格和能力上的细微之处，才能将完全匹配的两人打造成合作无间的搭档。幻术以五行为根基，辅以五行之外的其它表象，高明者可以移山填海，掩盖幻境中的五行元素，使得被施幻术者无法找到破解之法。木人相依据自己对每个人的了解，帮助他们找到适合自己的幻术，不可不说是为师之道的表率了。

十幻一般在大厅东边的那一排屋子里候命，木人相感到很满意，比对木家人还要满意。木家年轻一辈虽然也有不少高手，如木鱼珠、木离，木流马等。可他们自视过高，各自为战，从不屑于与别人配合，也不太听从宗家的意见。木人相知道木郁陶在位的时候，这几个人可不敢这样。不但对木郁陶言听计从，对木双声和木小雨也是极为亲近。而自己继位之后，这几人变得极为桀骜不驯，难以约束，木人相不喜欢他们，他更喜欢自己亲手栽培的这支隐秘的暗杀部队。

木人相手里摩挲着一支哨子形状的东西，这是他呼唤十幻的特殊用具。常人听不见这支哨子的声音，只有经过特殊训练的人才能觉察到这支哨子的音浪激起的震动。他心中觉得非常圆满。不仅木家在江南行省的地位越来越高，自己也渐渐达到了自己从前所觊觎的地位。名利双收，前途无量。木人相对自己满意极了，不禁在椅子上挺直了腰板。他今年才四十九岁，尚未到知天命之年，身体虽然已经过了巅峰，但仍然不输少壮。他今年又娶了一房姨太太，准备趁着开春，让姨太太怀上一胎，自己老来还能得子，也是一种身份地位的证明了。

木人相越想越得意，忍不住放下手中的卷宗，起身准备去院子里把木池雄喊过来，让他去准备一桌酒菜，晚上和自己共饮一杯。他刚刚站直了身体，还没有开始往门边走去，突然全身僵直，呆立在原地一动不动。过了半晌，木人相才涩涩地说道："是家兄么？"

只听他身后传来木郁陶浑厚低沉的声音："是我。你松懈了，连我进门都没有察觉。"

木人相缓缓转过身去，看见木郁陶一身高冠古衣，正站在距离自己一丈外的地方盯着自己的一举一动。他知道什么小动作也逃不出木郁陶的眼睛，干脆什么动作也没做，只是假惺惺地笑道："家兄近来还好么？小弟本来准备这几日就去烟墩看望家兄的呢。"

木郁陶忽然叹了口气，说道："三弟。"

木人相楞了一下，回道："二哥。"

木郁陶问道："从小到大，我们三兄弟里面，就属你最爱动歪脑筋。直到现在，你都没有什么改进。不过我问你，从小到大，我可有被你成功算计过的么？"

木人相沉吟片刻，回道："没有。倒是大哥，经常会上我的当。"

木郁陶淡淡地说道："大哥是爱惜你，不介意被你耍。我不是大哥，我也没那么好的脾气。"

木人相笑道："自然自然，二哥是我木家三兄弟里最杰出的一位，人相自愧不如。大哥嘛，人相觉得也不如二哥。"

木郁陶脸上没有半点表情，继续问道："你继位家主之后胡作非为，和徽州各个小帮派沆瀣一气，侵吞大明军的赈灾粮和赈灾银两，我本不愿意管你。谁知道你变本加厉，和琥珀山庄的残余势力又勾结在一起，敌我不分，还对双声、小雨出手，这我就不能不管了。小雨因为你和你儿子，已经被逐出了木家，还与我埋下了心结，今时今日，我作为他的父亲，不能不为他讨回个公道。"

木人相脸色渐渐阴沉下来，闷声说道："二哥不觉得现在才来讨公道已经太迟了么？"

木郁陶说道："是。确实是迟了，不过迟总比不闻不问的好。我欠小雨的太多了，如果今日我还不为他出面，我死也死不瞑目了。"

他神色一松，悠悠说道："三弟，如果你愿意卸去家主之位，归还大明军的赈灾粮款，我保证绝不会再来找你，也绝不会对别人多说一句。"

木人相怒极反笑，瞪着木郁陶，说道："好！好！我怎能不听从二哥的！"

蓦然间大厅里人影晃动，乍合又分，木郁陶仍然站在原地，木人相退到桌子后面，抚胸喘息。他本想先出手占据先机，岂料木郁陶虽老可身手竟然不减当年，二人刹那间交手数招，木郁陶烟拳雾掌险险擦过他胸口，已经使他受了内伤。

木人相突然吹起了手中的哨子。哨子的音浪激射出去，他确定十幻一定会在五个弹指之内来到他身前，助他一战。

五个弹指过去了，大厅里仍然只有他和木郁陶二人。

木郁陶问道："你在等人么？"

木人相面色大变，又吹了下哨子。五个弹指后，大厅里仍然还是只有他与木郁陶二人。

木郁陶突地欺进他身前，一拳击向他右胸。拳至半途竟然化为烟尘，消散在空气中。木人相大喝一声，双臂环抱身体，硬捱了木郁陶一拳，口角微红，还没站稳，木郁陶又出一掌，掌至半途竟化作迷雾，袅袅蒸腾。木人相团身飞退，退走时身体一晃，木郁陶一掌竟击在了他的右肩。木人相再也忍耐不住，张口一喷，一蓬鲜血如雨雾散开。木郁陶追击身形一滞，木人相趁这个时机撞门而出，只听"轰"地一声，大门飞出，木人相从门里喷血败退，木郁陶随后缓步跟出。

木人相进入庭院中，才发现十幻被金刚鬼童和木小雨压制住，无暇脱身。木池雄踪影全无。木人相一言不发，急急闯入十幻阵中，引自身为阵眼，与十幻突然一闪，竟硬生生地消失在金刚鬼童和木小雨的眼前。

木郁陶沉声说道："小心，他们联手施了幻术，我们现在已经入了幻阵了。"

只见庭院的地形渐渐改变，假山遁入空中，成为星辰；地面凹陷下去，有海水涌出来；日头像着了火，不断地有火焰落下；一株古树从海水的中央无端升起，遮天蔽日；三人站立之处突然风化、结块，变成金光闪闪的岩石。幻境之中，金、木、水、火、土五行元素相继显现。木郁陶、木小雨、金刚鬼童三人站在一处，面对眼前幻象丝毫不为所动。

忽然天色一变，一朵巨大的乌云汇聚在三人的头顶，当真是硕大无朋，无边无际。乌云中电光一闪，一道无声之雷陡然间便向金刚鬼童劈了下来。

就在此时，木郁陶居然高高地升入天际，进入乌云之巅，出手如风，一把就抓住了这道闪电的源头。只见乌云中电光扭动，木郁陶左手烟气、右手尘埃，整个身体在云端若隐若现，好似与整片乌云已经融为一体，任凭电光如何腾挪闪烁，就是不能摆脱木郁陶的掌控。

只听"呼"地一声，金刚鬼童小小的身躯直冲上来，出手一拳，势若虎豹龙象，重重地击中了电光的中部。电光被这一股巨力震得停了下来，与此同时一支画笔突然浮现，沿着电光的轮廓直抹而下，笔意灭却，电光如蛇中七寸，立刻疲软下来。

木郁陶将电光往空中一抛，只见一条巨大的光带横跃于乌云之上。木郁陶吐气扬声，拳掌皆出，一时间不知有多少烟雾灰尘飞起，电光竟在空中被木郁陶生生打碎，化作成千上万的碎片四散跌落。

木郁陶自云端跳下，又大喝一声，只见云开雾散，庭院恢复原样，十幻尽皆软倒在地，再也没有了出手之力，然而木人相却不在其中。

木郁陶整理了一下高冠，说道："被他跑掉了。"

梅目儒缓缓地从门外走进来，对木郁陶说道：“往东南方向去了，伤势很重，短期内应该再难动武。”

木郁陶整理好衣冠，好整以暇地说道：“我们也该回烟墩小筑了。我有预感，周梦朝这几日之内便会来烟墩小筑拜会老朋友。”

周梦朝坐在一片山林间。谢吹琴盘膝而坐，在他对面轻抚着一口古琴，曲调悠扬，似有破空飞去之意。聂尧水墨笔在手，画纸与砚台皆置于地下，落笔于纸，大开大阖，寥寥数笔，便勾勒出了身前周梦朝的神韵。

刘孤背刀站在周梦朝的身后。他不喜欢坐着，却喜欢一直站着。站着可以让他更加清醒、警觉，亦让他觉得身体更加舒展、轻快。他的刀很长，唯有站着的时候才能迅速拔出。站着使他更加有安全感，而安全感是他一直在追寻的东西。

周梦朝忽开口说道：“刘孤。”

刘孤躬身说道：“义父。”

周梦朝道：“木郁陶去过紫气阁了？”

刘孤答道：“是。与木小雨、金刚鬼童、梅目儒一起。木人相伤重败走。”

周梦朝闭上双眼，片刻后突然问道：“他们是如何去的紫气阁？”

刘孤答道：“是坐的‘韵无穷’的马车。”

周梦朝“嗯”了一声，说道：“那么他们应该是从‘韵无穷’过来的。木双声没有同行，说明他已经不能同行了。而木郁陶会去‘韵无穷’，应该是去探望木双声的。”

他长叹一声，悠悠说道：“谢师、聂师，我们报仇的时候终于到了。”

谢吹琴轮指忽急，琴弦却再也不发出半点声响。聂尧水笔意大盛，墨笔穿透画纸，直入地下，他所坐之处的绿草竟然忽红忽白，各色轮转。

刘孤依然静静地站在周梦朝身后，没有半分动作。

周梦朝说道：“烟墩小筑加上木小雨，一共是四人。我们也是四人。梅目儒双目失明，伤及经脉，早年便已经失去了战力，不足为惧。剩下木郁陶、金刚鬼童、木小雨三人。刘孤，若让你选，你希望谁来做你的对手？”

刘孤沉吟半晌，这才答道：“义父谋划了这么多年，肯定是要留下木郁陶自己去对付。木小雨以画入武道，与聂师一疏一密，二派素来便有过节，聂师肯定是希望以木小雨为对手。谢师音武正宗，与那金刚鬼童交手，正好可以以无形破巨力，当不在话下。刘孤甘愿为三位掠阵，并自由出刀，同时兼顾三位的战局。”

周梦朝说道：“不，我要让你去和木郁陶交手。”

刘孤一惊，说道：“非刘孤不愿，只是那木郁陶虽然老迈，可一身艺业惊人，我怕不能匹敌，耽误了义父的大计。”

周梦朝眼中有异色，缓缓说道：“不要紧的，我会从旁助你。与此等高手一战，正好可以磨砺你的寡刀刀法，对你有百利而无一害。你我二人联手，难道还取不下那木郁陶么？”

刘孤躬身应道：“是。谨遵义父之命。”

官道。快马。

一人俯身马上，马奋蹄疾奔，踩踏在干燥的土地上，在身后留下了一股淡淡的烟尘。一人一马行至半途，突遇前方有南陵守军的关卡，遂放慢速度，直至关卡前停下。关卡守军当中走出来一个头目模样的人，腰间佩剑，站在马前，伸手牵住马辔，对马上人喝道：“干什么的？”

马上人说道：“军爷，小的是送信的。”

“送什么信？送去哪里？”

"送去应天府。小的专送应天府飞鸿会的信差。"

"飞鸿会？为何不走邮驿？还要专人送信么？"

"军爷，飞鸿会的信件向来都是专人专送的，从不走邮驿。小的在这条线上已跑了多年，今日才遇到军爷们在这里设卡。"

"哼，南陵县城所有通往应天府的邮驿全部暂停了。参将有令，因有紧急军务，所有发往应天府的信件、货物全部不得出境。"

"军爷，小的这可是十万火急的事。"

"管你那么多！一个帮派的事情，还能急得过军务么？调转马头回去！"

马上信使焦急如焚，可也不敢违逆守卫军，杵在原地进也不是，退也不是。正在此时，从他对面缓缓行来一个白衣文士，文士身边还跟着一位垂髫书童，背后背着一个木制的书箱。二人走到关卡处，白衣卫士淡淡地对守卫军那名头目说道："此处何时开始设检查关卡了？送往应天府的信件南陵守卫军可无权拦截。"

那名守卫军头目喝道："放肆！守卫军的事情岂是你能多嘴的？再敢多言一句，小心坐大牢！"

垂髫书童吐吐舌头，对文士小声说道："先生，他们都好大的军威啊。"

白衣文士微微一笑，不置可否。关卡处的守卫查看了一下书箱，便放行让他们进去。白衣文士走到那不知如何是好的信差身前，说道："请问兄台，是要送何信到应天府去？"

信差叹道："只是应天府飞鸿会的日常急件而已。这位兄台，我看你是从应天府方向而来，可是那边也因军务而设置关卡了么？"

白衣文士答道："并没有。想这关卡只是南陵县守备军自主所为，与大明军军务毫无干系。"

信差急道："那该如何是好？我若不能将信及时送到，可不止是丢了饭碗，也许连命都难保啊！"

白衣文士微微笑道：“你先别急，在此处等上一炷香的工夫。一炷香之后，会有一个穿紫色衣服的人来帮你这个忙。”

说完，白衣文士和书童便又缓缓地向南陵县城方向走去。那信差半信半疑，心想反正也没办法，不如等等看。于是他从马上下来，把马放到边上的草地里去吃草，自己则坐在路边，等着那个不知道会不会出现的穿紫色衣服的人。

过了大约一炷香的工夫，什么人也没出现。信差知道自己上了当，低低地骂了一句，往地上吐了口唾沫，站起身准备去牵马。他眼角余光里关卡处有淡淡的紫色身影一闪，信差以为自己花了眼，急忙朝关卡望去，却见守在关卡处的八名军士在一瞬间全部头颅飞起，耳边仿佛有人低低地说了一句：“拦我飞鸿会信件者，死！”

远处长草地中，垂髫书童和白衣文士目睹了一切，二人其实并未走远，而是躲在这长草里等待着。垂髫书童对白衣文士说道：“先生，他怎么知道这些关卡守卫拦截了飞鸿会的信呢？”

白衣文士说道：“数日前，从南陵发出的消息就到不了应天府了。我走到此处发现关卡，就明白了这其中的道理。你是不是也明白了？”

垂髫书童想了想，展颜笑道：“是哦，现在我也明白了。可先生，南陵守备军怎么敢私自拦截前往应天府的信件呢？”

白衣文士说道：“前几日常遇春曾微服秘至南陵，也许是他对南陵守备军下达的命令。而常遇春这几年与徽州木家走得近，这次秘至南陵八成是来见木人相的。”

垂髫书童点了点头。白衣文士拍了拍他的脑袋，说道：“此人这次来南陵一定是有什么事，我们跟上去看看。”

卢曾嫫坐在院子里，用布蘸了清水，正在擦拭自己的长剑。百炼成钢，江湖中任何一名剑客的佩剑，都一定是剑客最爱惜的东西。用剑的人如果不爱惜自己的剑，那就根本不是一个剑客，而只是一介武夫。

自从铸剑大师长孙增荣在雪隐开炉引天火，铸造了雪隐炉第一把长剑"断空"赠与天下第一剑客关墨之后，江湖中想求长孙增荣铸剑的人就络绎不绝，可都被长孙增荣一一拒绝。他的理由很简单：只有我铸剑赠人，不受人求剑于我。

左丘飞鸿与西湖蓝家家主蓝若寺同时发去拜帖，为飞鸿会白门门主白日依山尽及蓝若寺独子蓝玄镜求剑。长孙增荣不为权势所动，在某日突感玄瞳镜剑剑意，打开雪隐炉以冰晶化火，锻造了毕生第二把惊世剑器——"法眼"。"法眼"赠与蓝玄镜，分文不取，左丘飞鸿拿他也毫无办法。

卢曾嬷也想得到长孙增荣亲手铸造的剑器，可长孙增荣只凭自身感受到的剑意铸剑，卢曾嬷不知道自己的"我剑"剑意何时才可以突出于万剑之林，纵宇横空，使得长孙增荣甘愿为之持锤撼铁。她目前的佩剑，是莫去玉托一剑门的好友、"千锤铺"的领锤人赵大师打造的一柄绿水长剑。剑长三尺一寸，剑身细窄，擅长突刺与撩击。剑身有一泓绿光，如春色，如猫眼，卢曾嬷为其取名"尤怜"。

擦净了剑身，卢曾嬷反手将剑归鞘。刀二走过来说道："卢姑娘这把剑必是名师所造。"

卢曾嬷轻轻一笑，说道："刀二哥的刀也不差。"

刀二轻抚刀鞘，回道："应天府'水火流'首席兵器师手里出来的刀，在当年算得上是上品。只是前几年十万大山里隐秘铸刀铺'刀无用'惊现于世，造了几把绝世好刀，这'水火流'就被硬生生地比下去了。"

卢曾嬷说道："'刀无用'我也听说过。据说当年人称'长刀不败，弃道修魔'的岂子道手中那柄狂刀'修魔'便是由'刀无用'打造的。"

刀二叹道："岂子道是我刀道之中的巨擘，在江湖人心目中早已成仙成佛，不是我等刀道学徒可以追想的人物了。"

卢曾嬷在心中揣摩着岂子道的模样。她师父莫去玉也与她提到过岂子道，并叮嘱她千万别去惹他。年轻人行走江湖，有几个人是绝对惹不得的。莫去玉十五年前正值巅峰，那时关墨刚刚在武林中崭露头角。龙湖剑派首席、当时的天下第一剑、人称"大雷音剑"的原翰宗，是江湖中公认的神话，可却被关墨一剑击败，这在当时，不得不说完全颠覆了莫去玉的认知。十五年前，江湖中风起云涌，是一个群雄并起的年代。在关墨之后，蜀中唐门唐白木也强势崛起，横扫当时武林五大高手，风头一时无二。在莫去玉得到唐白木轻松击败多个传奇人物的消息，正感慨不已的时候，左丘飞鸿与岂子道也在江南一带粉墨登场，而刘客幽，则刚刚完成了他人生首战——以笔、墨、纸、砚文道四器击败了号称不败的九华地藏，一跃成为古徽州第一人。

莫去玉和卢曾嫚详细说过这些人，其中对岂子道尤其细致，因为莫去玉曾与岂子道有过一面之缘。在陇西道边，茶铺外，岂子道在同样于此歇脚的莫去玉眼前，斩杀七名来犯仇家之后，刀上的血仍未干，便坐在莫去玉身旁的桌边，喝干了大碗中的凉茶。莫去玉为他刀法所惊艳，只觉自己见到的不是一个刀客，而是一个把刀挥舞到天与地的极致里去的工匠。他不是用刀对敌，而是在一丝不苟地切割、雕琢尘世与俗人。

卢曾嫚听进去了莫去玉的话，但她并不想一直仰视他们。他们都是男人，而她是一个女子。武林中从来没有出现过一个可以令群雄俯首的女子，五十年前，一百年前，从来都没有。卢曾嫚觉得她自己可以成为那样的女子，只要她的"我剑"剑术再突破，她对武学的理解再深入，她一定会去找那些现在还没有把握取胜的人交手，比如"刻舟求剑"、比如蓝玄镜，甚至是那遥不可及的关墨。

她正在想着，大殿里的人慢慢多了起来。商三、道四、毒五、黑六、黄七，不约而同地都来到了大殿里说话。她看着他们，犹如在看着自己的家人，可她从没有家人。她发现自己在这里住了这么些天，渐渐变得柔和、温顺了。之前旺盛的战欲竟在这其乐融融的气氛里逐渐消散。她心中一凛，暗暗提醒自己切不可忘记自己的

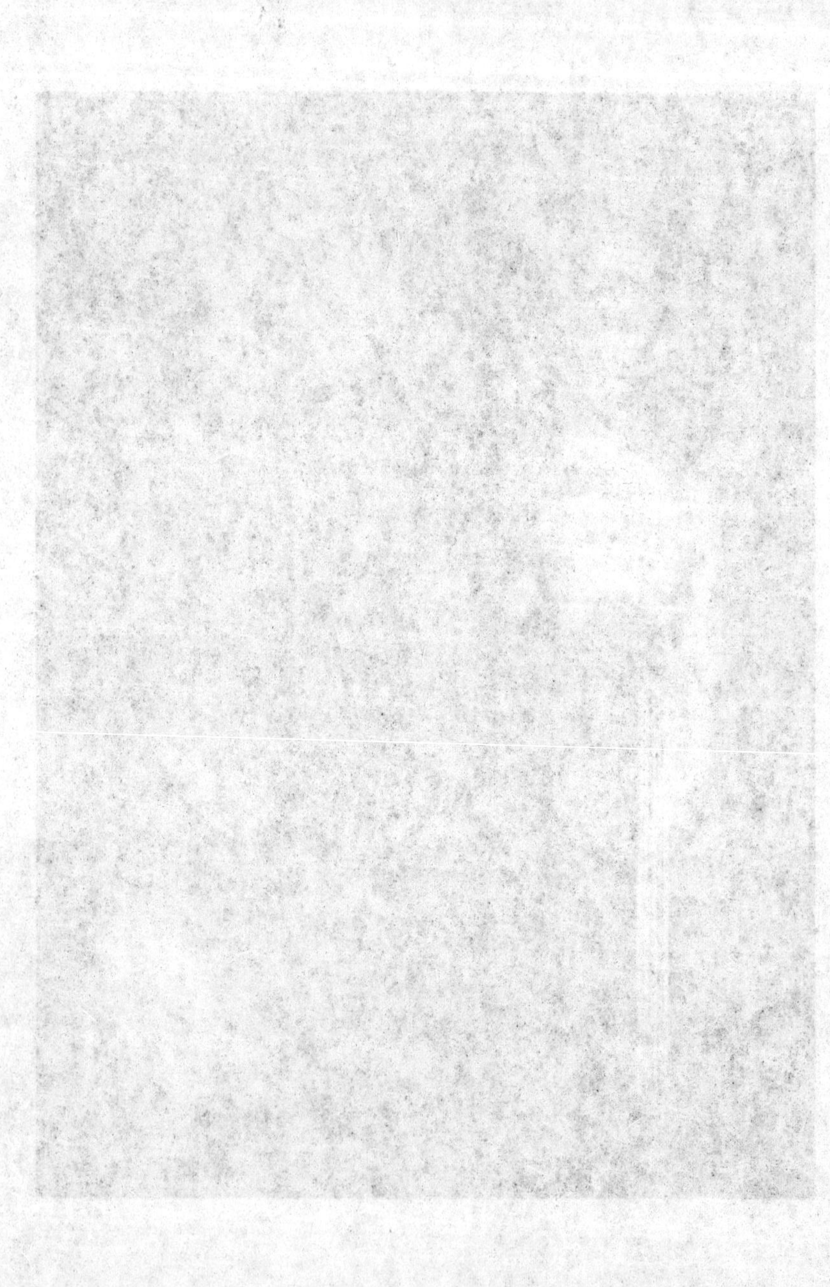

初衷，她卢曾嫫是要成为武林中第一个站在武道顶端的女子。

有危险。卢曾嫫觉得很危险。从何而来的危机感？是因为想到站立在武道顶端而生出的感觉么？卢曾嫫浑身泛起了一阵一阵的寒意。是怎么了？她隐约觉得这危险的感觉来自于她的身后，而不是她的想法。身后有什么？

卢曾嫫蓦然转身，长剑闪电般出鞘，整个人如临大敌，身体止不住地颤抖，却只见从大门外，悠悠然走进来一个背着书箱的垂髫书童，和一个一身白衣的中年文士。

这二人一进来，立刻吸引了所有人的注意。黑六喊道："你们两个，这不是你们来的地方，打哪儿来回哪儿去，走！"

垂髫书童对白衣文士说道："先生，他们不欢迎我们呐。"

白衣文士笑道："不要紧，也许一会儿以后他们就不赶我们走了。"

刀二站在卢曾嫫身侧，感觉到她的身体一直在发抖。他问卢曾嫫怎么了，卢曾嫫摇了摇头，没有回答。她知道自己从来没有这么惧怕过一个人。从来都没有。就算数日前面对正一道掌书使的时候，她也没有什么畏惧感。这一路行来，她也遇见了不少高手，无论是谢吹琴、木郁陶，还是木双声，都不能令她有任何道心上的退缩和胆怯。但现在眼前的这个人，这个看上去人畜无害的白衣文士，却让她颤抖得连剑都拿不稳。

商三对白衣文士说道："这位兄台，到此可是有什么事？"

垂髫书童抢着回答道："还怕你们不问我们呢！我们是跟着别人到这里的，他进来了我们也就进来了。"

商三听得一头雾水，问道"谁进来了？"

垂髫书童拍着手笑道："你拍一，我拍一，一个一个都归西。是那黄脸先掉头，还是那黑面先断手？"

黑六怒道："瞎唱什么？再胡说我揍你！"

垂髫书童吓得躲在白衣文士身后，可怜巴巴地说道："先生先生，他凶我。"

白衣文士摸摸他头，缓缓对众人说道："诸位，他已在这府院之中了。我们跟随他来此，本想一探究竟，现在见了诸位，我大概知道他来此的目的了。你们当中，似乎有当初没有随着门派势力被清洗干净的人物。他应该就是为此而来的吧。此事与我无关，我也不会插手，就此别过了，诸位保重。"

说完他就转身欲走。刀二忽然问道："你说的他，是来刺杀我们的么？那他为什么还不动手？"

白衣文士笑了笑，转头看着他，说道："因为我还在这里，他不敢动手。我一走，各位就要当心了。"

黑六说道："二哥别理他们！装神弄鬼，一定是来耍花样讹钱的骗子！"

垂髫书童忽然对白衣文士说道："先生，这个黑脸的死相好清楚啊！啊，站在那边的几个人也有！"

黑六气得要冲过去，却被毒五一把拉住。

刀二说道："还未请教先生尊号。"

白衣文士笑道："不足挂齿，一介读书人罢了。我这小书童常能看到人之死相，且从未走过眼。他说谁要死，那个人基本就是死定了。"

刀二手握刀柄，说道："我命在我，不在它物。"

白衣文士瞧了他一眼，笑道："看来你应该是他这次来的主因了。不过他当年也曾参与过剿杀'孰毒唐诗三百手'，并与许多毒师们都有仇怨，想必站在那里的那个百毒之体也是他此次主要的诛杀对象。二位还要多小心。"

他再次转过身去，拍了拍书童的小脑袋，示意可以走了。一直沉默不言的卢曾嫫忽然开口说道："他一定不知道这个宗门的宗主是谁，你也不知道。"

白衣文士看了一眼她手里的剑，淡淡地说道："我应该知道么？"

卢曾嫫说道："云游画宗现在还不出名，不过我相信以后一定会名震武林。今天来的人不知道这是木小雨的宗门，会令他抱憾终身。"

白衣文士神情一怔，竟然停住了脚步，又转过身来，问道："你说的木小雨，就是那个木小雨？"

卢曾嬷回道："正是。江湖中只有一个'妙笔生花'木小雨。"

白衣文士笑了，这次是真的笑了，笑得很开心。他边笑边说道："既然如此，那今天这件事，我还真要插手了。"

宅院之中突然传来了一个冰冷刺骨的声音："你若插手，会坏了我们两方签订的休战协议。会主已经和你约定不再干涉互相的事务，你不可以食言。"

这声音飘飘忽忽，不分东西，殿里这么多人，竟然没有一个能够听出这声音来自于哪里。

白衣文士笑道："你放心，我不会出手的。你有三次出手的机会，三次之后，无论你要杀的人是活是死，都不可以再出手。若再出手，我就会认定你是在对我出手，到时，"他的声音里有鬼神之威，"你恐怕也难以活着回去了。"

那个声音沉默了一会儿，殿上所有人在这安静的缝隙里都感觉到有些惴惴不安。半晌之后，那个声音才回复道："好，一言为定。"

话音未落，所有人都觉得眼前有紫色的光影一闪，这一闪比寻常人眨眼的速度还快，甚至快得多，好像一个眨眼间便可以闪烁十几二十次那样的快。

一闪的同时，众人只觉得有扑面而来的巨风。一柄巨大的斧头仿佛在这闪烁间划过众人的眼底，巨斧一闪而没。

一颗人头冲天飞起，毒五闷哼一声，赫然发现自己拉住的黑六已经成了一具无头的尸体。剑光与刀光同时袭到紫影刚才出现的位置，可紫色的身影又消失无踪。

毒五悲从中来，他知道若不是黑六刚刚推了自己一把，那飞起的人头就会是自己的。这一下悲愤难忍，毒五虽伤势未愈，却毅然催动毒气运转，浑身上下变得铁黑，百毒之气外放，将整个庭院笼罩其中。

白衣文士捂住垂髻书童的口鼻，对书童说道："可别吸进这毒气，会拉肚子的。"

院东首毒气一动，毒五第一个觉察到，他飞身过去，浑身毒气弥漫，宛如一尊巨大的毒神像。他身后一剑一刀紧随，剑光划破毒烟，后发先至，一剑刺入朦胧的角落里，只见紫色的影子一晃，一刀又从旁劈来，强劲如风。毒五五指一伸，五道毒线喷射出去，不偏不倚地就击中了那稍纵即逝的紫影。刀斩入紫气，如中无物。刀二心中暗叫一声不好，只见身边毒五忽然身形停滞，全身由黑转白，满院毒气烟雾倏然消散。

一柄巨斧的虚影从毒五的脖颈处掠过。

人头冲天飞起，血升如瀑。

暗杀者早已脱下了身上的紫衣，当做诱饵，吸引了卢曾嫫、刀二、毒五三人的攻击，自己却悄无声息地转到毒五的身后，抹去了毒五的性命。

这样的暗杀术，已经神乎其技了。

白衣文士暗暗地叹了一口气，却没有说什么。

卢曾嫫忽然开口喊道：“道四！快来与我一起保护刀二哥！他只剩最后一次出手机会了！”

道四双眼如要喷血，猛地跃到刀二身边，说道：“今天他不杀光我们，来日我一定灭他满门！”

垂髫书童咳嗽了几下，对白衣文士说道：“先生，他好像还不知道是在跟谁交手呢。”

白衣文士说道：“不重要了。最后一击，你看谁的死相最明白？”

垂髫书童的目光投向了场中的刀二。刀二的刀在鞘里。他对敌时从不拔刀在手，因为他是一个拔刀术的刀客。刀应该在鞘里，只有斩敌的时候才出鞘。

而那个暗杀者，他那柄巨大的斧头又是藏在哪里的呢？斧头可没有鞘，人可以隐匿，但那么巨大的斧子又如何隐匿呢？

刀二想不明白，他等待着巨斧向自己砍来，等得额头上微微出了汗。

　　这一斧会从何处斩来？会不会如同情人温柔的手轻轻地拂过自己的喉结，自己会不会在一种甜蜜到窒息的抚触里死于这不可拒绝的问候？

　　巨斧蓦然地像是从虚无中凭空生长出来的枝干一样出现了。这一斧竟是从三人的头顶上袭来，中途圆转，等到三人察觉，这一斧已经堪堪来到了刀二的颈项边。

　　刀二脖子上的汗毛根根竖起。他已经感觉到了自己的死意。他的手拔出了他的刀，在最后一个刹那。

　　卢曾嬅看到了刀二的头在她身边飞起，同时飞起的还有刀二的刀。她手中长剑刺入巨斧消失的轨道，似乎刺中了什么，耳边有一声低低的闷哼。道四疯了一般向空白处攻击，一时间不知道出了多少拳多少脚。

　　刀二的头颅落在地上，发出"啪"的一声轻响。院子里与大厅中落着三个人头——黑六的、毒五的、刀二的。一时间众人都没有出声，府院里安静得能听见心跳。

　　白衣文士喟叹一声，说道："他已经走了。"

第十章 烟墩一战江湖老

木小雨闲来无事，独自在烟墩小筑的后山坡上采撷桃花与海棠。木郁陶自昨日回来后便在自己的房内没有出来，进食也是金刚鬼童用食盘端进去。只是吃得极少，一天下来，也就是一个馒头，一点腌制的咸菜。木小雨问金刚鬼童，木郁陶情形如何，金刚鬼童长叹一声，摇摇头，兀自清洗碗筷去了。

后山上的花开得极好，今日未下雨，阳光从神女峰的侧面斜照下来，把一山的海棠映得极美。木小雨心事重重地摘了一把花，开始细细观察每一枝花的模样。他画画从不喜模仿前人的山水和花鸟，而多别出心裁，自成一派，常画过往文人与画工不画的物事。比如画人的肖像，画身边的猫狗，画书桌上的纸笔砚台，画一蓬花被插在白瓷的花瓶里。

文人作画，以山水为正统，以花鸟为别趣，以人物场景为末道。山水画旁常配以诗词，无诗则不成山水。画工作画，以画是否为人客喜欢为主，什么画卖得好，则大量复制，亦不被木小雨所看得起。木小雨觉得画只为画，以线条、颜色抒发情感之作，无关诗词，更无关买卖。将所画之物分三六九等本就荒谬，再定什么文人画、非文人画这样的阶层之说，更是失却了画之本心。

凡物事无不能入画者。木小雨向来无物不画。画一枝花，他便去将花采来，细细钻研，最后落笔时，笔下之花正是心中滚瓜烂熟之印象。画一场雨，他便静静地坐在窗边，烹一壶茶，边品边揣摩雨之形态，了然于胸后下笔，纸上之景便真如雨下。

梅目儒将他引入画武一途，此后他所走的道路，与梅目儒已大不相同。梅占卜第一，丹青次之，画画常常为他占卜所用，可以说只是占卜需要的一个技艺。而木小雨独擅画道，心无旁骛，以丹青妙笔入武道，比之梅目儒的技艺之画，已是纯粹精微得多了。他生性细腻多思，喜欢以繁复笔墨将人、物之精巧细密勾勒，尤其喜爱顾恺之弟子陆探微的手笔。陆探微曾用一百零八笔描绘一只百灵鸟，木小雨后世追随，也曾用一百单八笔画得了一块瓦当。相比顾恺之，他更愿意尊陆探微为密体始祖，因陆探微才是真正以画入武道的第一人。

木小雨上到神女峰顶，俯视山下，可以看到五大连池和山下袅袅升起的烟火气。他少年时初学轻体之术，自觉已身法如风，来去倏忽。可当他看到木双声在林间枝头追逐飞鸟、自己的父亲木郁陶钻入小格里的云雾中与风云不分彼此，他才觉得自己也许不是家里那个最有轻体天赋的人。

而这一前一后、在木家两个时代里最有武学天赋的人，一个已经离开了自己，另一个也即将离开。一个是自己的宗族长兄，一个是自己的生身父亲。

木小雨不知道该如何排遣自己现在的心绪。他的心很乱。回来之后，他没有去看过木郁陶，木郁陶也没有要见他。自己虽然也在这烟墩小筑里住着，可与木郁陶之间总还是隔着些什么。这个心结，难道真的要以死亡这种形式才能解开么？

他长叹一声，从峰顶返回，又走入山坡上的密林之中。林间枝叶茂密，偶尔有星星点点的阳光透射下来。空山不见人，但闻人语响。返景入深林，复照青苔上。木小雨在这样的情境里总是能够想到王摩诘的这首诗。王摩诘诗画双绝，人称"诗画双佛"，据说年轻时以诗意画格入武道，也曾影响了一代一代的武者。"诗剑"艮阿似乎便是他诗系一脉的武道传承者，而画系一脉，隐约与飞鸿会中比较神秘的黄门门主——黄河入海流有些关系。艮阿与黄河入海流都是江湖中的武道大家，却分别只修习了诗画双系中的一脉。可想当年王维诗画双修、融于一味，已不是艮阿和黄河入海流可以比拟的了。

出了这片密林，就是烟墩小筑的后门了。木小雨有些流连这片阴凉幽静的林子，不自觉地放慢了脚步。一只鸟从他头顶上飞过去，他的目光追寻过去，发现是一只灰喜鹊，扑朔扑朔地飞到林子的深处去了。

他转过头来欲继续往前走，却发现他身前三丈处突然多了一个人。这个人一身灰麻布衣服，大眼、浓眉，站在树荫下就像溶解在阴影里的一团墨迹。木小雨停下脚步，盯着他看了一会儿，忽然说道："我认识你，你是南陵县城里卖画笔颜料的画舍店主。"

那人说道："不错，你曾来我店里买过朱砂和蓝靛。出手挺大方，还饶了我十个铜板的找钱。"

木小雨说道："你店里各式画笔、画纸、颜料都挺全，比很多大市镇的画笔颜料铺子都要讲究。我之前还奇怪为什么小小的南陵县会有这么考究的画舍。"

那人笑道："现在不奇怪了么？"

木小雨说道："不奇怪了。如果这家画舍的店主就是当年名震天下的琥珀画匠、人称'画龙点睛'的聂尧水，那就真的一点也不奇怪了。"

那人右手一伸，手里多了一支画笔。他在树木的阴影下沉静得似阴影本身，缓缓说道："祖师爷的称号，我是不敢当的。不错，我正是聂尧水。"

木小雨右手一伸，手里也多了一支画笔。聂尧水看见他手中笔，瞳孔一缩，说道："你这支笔也是'竹难书'里磬太爷的杰作？"

木小雨回道："正是。我数年前求笔于他，他告诉我这支笔应是他此生的收尾之作了。"

聂尧水说道："磬太爷此生一共也只亲手制了三支笔，没想到其中一支在你手上。他此生认可的画师极少，能为你制笔，看来对你的评价已不在我之下了。"

木小雨扬起手中画笔，朗声说道："磬太爷制完此笔不久后便撒手人寰。他老人家走之前对我说，三支画笔一支在你手，一支为我得，那另一支则是他为飞鸿会黄河入海流精心打造的神笔'春秋'。"

聂尧水也举起手中笔，说道："此乃点睛之笔。"

木小雨笔仍扬起，说道："看我妙笔生花。"

二人对举着画笔，不再说话，也不再有半分异动，只是对峙而立，谁也没有抢先出手。本来飞来飞去聒噪的鸟儿们好似都躲起来了，林子里一时间十分静谧。突然，密林顶上的枝叶间射下来一缕尘光，正好投在聂尧水与木小雨二人当中，分毫不差。

木小雨和聂尧水就在那一个刹那间同时动了。

画笔没有相交，只是各自在空中涂画。木小雨笔势如潮，高歌猛进，聂尧水却只是单调地在空中点一点，斫一下。奇怪的是尽管木小雨笔意连绵不绝，如高山之流泉，却难以攻进聂尧水稀疏的笔法之中。聂尧水笔势虽简单、疏寡，却好像每一笔都止住了木小雨笔意的叠态，在每一个木小雨要依势展开描摹的点上都有另一杆画笔有意无意似地横加阻拦，使得木小雨手中那支"生花"变得死气沉沉。

木小雨长啸一声，笔势一变，竟以比之前更加繁复十倍的笔意向聂尧水攻去。一时间千手万笔，木小雨宛如八臂观音。聂尧水手中画笔画了一个大圈，自己往后一纵，一笔下探，直入林中土地。树木之间忽然有虎啸山林之声，木小雨眼前一花，一只吊额黑纹的花斑猛虎居然就这么凭空地朝自己扑来。

聂尧水这一笔，正是他当年赖以成名的绝技之一：活虎。

木小雨画笔一振，毫不退让，竟然提笔切入猛虎，笔势细密至极，猛虎还未来得及张口咬他，居然已被他弹指间的千万笔法改头换貌，在顷刻间成为了一只打着哈欠、睡在虎皮榻上的癫皮狗。

聂尧水眼中有微微赞意。他大笔不停，在泥土中游走，林中又响起远古龙吟。一头通体黢黑、六爪长须的飞龙自天空上盘树而下，眨眼间便欺到了木小雨身后。

这是比"活虎"画技还要更胜一筹的疏体巨作：生龙。

聂尧水寥寥数笔，神韵完足，无论是虎是龙，皆意在笔先。木小雨伸画笔接过黑龙，只是这生龙笔法比活虎更圆满数倍，木小雨虽笔势如狂风骤雨，却再难以在片刻间改变龙形笔触。只见妙笔"生花"笔意一黯，黑龙硬生生地挤入木小雨手中笔阵，木小雨胸口被一团黑气冲击，如螳臂当车，整个人被带得朝后飘飞。

聂尧水从土地里抽出画笔，摇头叹道："妙笔生花，原来也不过如此。"

话音刚落，只见木小雨衣袂飘飘，袍袖揽风，如仙人一般又落回到了聂尧水身前。聂尧水双眉一挑，傲然说道："我当你已败了，还好没让我失望。若连'活虎生龙'都接不住，你木小雨也只是浪得虚名。"

木小雨一言不发，只是画笔向前，微微斜下。聂尧水心中一凛，忽然感觉到对面这支画笔的笔尖居然有着一股浓烈的寂灭之意。

木小雨淡淡说道："妙笔生花，寂灭六法。聂兄还是留神自己的安危吧。"

金刚鬼童服侍木郁陶吃过早饭，独自坐在小楼门口的台阶上出神。木郁陶用木家的秘法换来了几日的时间，可代价是不言而喻的。每天早上金刚鬼童去木郁陶的房间里，都能闻到马桶中传来的浓浓的血腥味。木郁陶让他不要告诉小雨，他应了，但是心里不是滋味儿。无论是梅目儒还是木小雨，都知道木郁陶不几日便会撒手人寰，他们无法挽留，只能接受这一现实。可他金刚鬼童自从被木郁陶收服，做了木郁陶的奴仆之后，便已将自己的身家性命全部托付给他，如今木郁陶即将死去，金刚鬼童突然有了一种无处归的迷惘感。

早晨醒来后的木郁陶脸色惨白，靠在床上对金刚鬼童说，等他去后，金刚鬼童就可以重获自由了。以他的身手，在江湖中无论到哪都绝对可以雄踞一方。金刚鬼童默然。多年前他惹下无数仇敌血案，被仇家追杀到安庆府，五内脏腑受了极重的伤，眼看便要赴死。无独有偶，木郁陶凑巧经过，见他伤重之下仍然护着自己的门下手足，心中有感，出手救下了他的性命，并要收他为仆。众多仇人畏惧徽州木家的势力以及木郁陶的神威，但血海深仇岂能就此算了。木郁陶独战群雄，以三绝艺"烟拳、雾掌、云体风身"力敌十数名他仇家的高手，点到即止，败人而不伤人，令所有人叹服，这才绝了报仇之念。金刚鬼童本身桀骜不驯，虽感激木郁陶出手相救，但又怎肯甘心为奴为仆。在木家伤势好了七八成之后便要离开，但每次他要走，都能被木郁陶发现并拦在他身前。他对木郁陶出手，却惨败在木郁陶手下。木郁陶对他说，经历了这一番生死，难道还没有明悟么？你将死之时还在维护自己的手足，可你的手足却丢下你全部逃命去了。这江湖还有什么是你留恋的呢？你在我身边，我还能照看着你，你如果离开这里，保不齐还会有人继续追杀你，直到天涯海角。这个江湖里，忠义的人不多了，我不希望再少一个。

金刚鬼童闻言涕泗横流，悲痛难抑。他原本是西域修罗鬼道的三鬼之一，地位仅在修罗鬼道尊主之下，享受全派的供奉。修罗鬼道在西域一度横行无忌，连历史悠久的伏妖洞都不敢与之硬拼。后终因太过嚣张跋扈，树大招风，被西域江湖势力群起而攻之。不仅修罗鬼道尊主被数名西域绝顶高手围攻致死，享誉盛名的"修罗三鬼"也在围剿中死其二。金刚鬼童且战且退，一路东行，逃至江南行省时实在是体力不支，加上旧疾复发，便欲与仇人们一决死站。同行的几个门人平日里都对他毕恭毕敬，逃亡途中也是关照有加，只是到最后面对生死之时都难免畏怯。他虽然素来凶狠，下手无情，可在这时候却极念别人对他的好。他挡下了对他们的杀招，以一己之力力挽狂澜，身负重伤。门人们趁乱逃走，他独自浴血奋战，若非木郁陶出手，他金刚鬼童早就是冥界的修罗了。

金刚鬼童归顺了木郁陶，这么多年来收敛性情，变得温驯、有礼，与当年那个叱咤西域的大魔头已然大相径庭。木郁陶也对他多有点化，在处世与武道上为他指出了明路。金刚鬼童自幼被强迫修炼西域武学"鬼童金刚力"，身体无法继续生长，一直如幼童一般。他的名号亦来自这残忍而又绝强的功法。但这么多年修习此术，心里难免阴暗、厌世。金刚鬼童回想当年，很多时候下手残忍多半是与这门功法造成的戾气相关。而在木郁陶身边之后，断绝尘缘，耳濡目染，也成了一个性情平稳

的普通人。他心中对木郁陶有救命之情、又有了被再造之感恩，此时此刻，眼见木郁陶即将逝去，真的是不知道自己何去何从。

他正黯然神伤之际，小楼正面的山道上忽然走来了一个人。这个人身后背着一口古琴，宽袍大袖，发髻高耸。他走到小楼前停下，解下背后的古琴双手横抱，人缓缓盘膝坐下，一言不发，只是轻轻地开始抚弄琴弦。

金刚鬼童倏地站起身来，冷冷地说道："久闻琥珀琴师谢吹琴之名，今日得见，果然风采不凡。"

谢吹琴淡淡地说道："谢某也久闻西域金刚鬼童之威，今日一见，果然威风八面。"

金刚鬼童仰天长笑。他身材矮小，打扮又如垂髫童子一般，这一大笑倒显得特别诡异。笑声远远传去，树林间鸟群受惊飞起，树叶欸欸下落，烟花三月倒是有了秋天的肃杀之意。

谢吹琴双手按住琴弦，单指一拨，弦音响起，冲抵了鬼童的笑声，落在地上的树叶竟无风卷起，环绕枝头，形如飞鸟。

金刚鬼童赞道："都说谢吹琴才是音武正宗，江南南宫家之流连给谢吹琴提鞋都不配。我本来不信，现在却是信了。"

话音未落，金刚鬼童已不在台阶之上。谢吹琴五指一拨，琴音陡急，只见一条小小的身影快如鬼魅，弹指间已在谢吹琴身前，一拳击出，与谢吹琴的音劲相碰，只听"嘭"地一声闷响，鬼童的身形跃开，方才的落脚处已深深地凹陷下去。

鬼童脚步不停，瞬息间变换位置，连出了十数拳。谢吹琴稳坐不动，只是手指急弹，古琴琴声连绵，在身前形成了无形的音劲力网，金刚鬼童数十记大力捶击也不能侵入半寸。他放弃了正面进攻，高高跃起，凌空下击。谢吹琴把琴身一竖，左手倒逆拨弦，金刚鬼童只觉得一股暗劲越过自己的头顶强压下来，不得已只好又落下地来。

谢吹琴说道："鬼童先生一轮猛攻已毕，现在轮到谢某出招了。"

他双手五指按住琴弦，点曳揉拽，古琴未发出丝毫声响。金刚鬼童却觉得迎面而来一股不可抵挡的巨力，直如山崩海啸一般，骇而后撤。无形音劲汹涌如潮，经过之处尘土飞扬、裂石崩土。金刚鬼童后退虽快，但总是比不上音力之迅，他避无可避，遂停稳脚步，双臂连挥，以数十记鬼童力正面硬撼。

谢吹琴琴弦一晃，摇摇欲断，他伸手按住，琴弦才不再跳动。转头看金刚鬼童，只见双耳垂髻已散，浑身衣物破烂，嘴角还有一丝被震伤了脏器后吐血的痕迹。

谢吹琴淡淡地说道："如果鬼童先生技止于此，那么今日便难全身而退了。"

金刚鬼童喘息片刻，突然又哈哈大笑起来。只是此次笑声中不含内劲，只是单纯地大笑罢了。谢吹琴待他笑完，才缓缓开口说道："谢某闻鬼童先生笑声，似是有极大欢愉解脱之感，实是不解，还请鬼童先生赐教。"

金刚鬼童笑道："十年了。自从我归入主人麾下为奴为仆，便不再有施展我全力的机会。今日一战，我金刚鬼童也无须再有什么隐瞒和收敛了。"

他话一说完，身体骨骼竟然就发出连珠串似的爆裂声。谢吹琴心头一紧，下一刻便见眼前的金刚鬼童身体如爆裂开来，双手双腿突地拉长了数寸，原本像是被叠起来的肢体躯干也完全伸展开。穿在身上的衣物全部撑破，之前还如孩童一样的金刚鬼童眨眼之间成为了一个浑身赤裸的巨汉。

谢吹琴赞叹道："原来鬼童先生已练成金刚如意之躯，应该是西域数十年来唯一练成此术的奇才了。"

金刚鬼童活动了一下胳膊和腿脚，傲然说道："谢吹琴，你是有生以来第二个逼我动用此术的人，你委实名声不虚。"

谢吹琴说道："既然鬼童先生如此坦诚相待，那谢某也就不藏私了。以你我之能，也无须再互相试探了，数招间决出胜负吧。"

金刚鬼童笑道："正有此意。"他身形忽然展运，虽然躯体比之前大了数倍，但身法竟然比之前还要快。谢吹琴还未反应过来，金刚鬼童的拳头已经袭到了他的眼前。

谢吹琴平地一个翻身，连人带琴退出数丈。金刚鬼童丝毫不给他喘息之机，右腿横扫，腿还未至，谢吹琴身侧的一株小树居然"啪嚓"一声就先断裂歪倒。

谢吹琴无暇拨弦，只得轻叹一声，将琴抛起，挡住了金刚鬼童这一腿。古琴瞬间爆碎，谢吹琴也趁这时候飘然而起，站在了一颗参天大树之下。

金刚鬼童笑道："你琴已毁，还拿什么与我一战！"

谢吹琴不语。他伸出双手，置于古树的树干上。金刚鬼童此时信心满满，凛然不惧，糅身直上，欺入谢吹琴身前，左右双拳其出，拳声如雷，树干都被他拳风带起了裂纹。

谢吹琴五指一滑，竟然在弹奏这株参天古树。千年岁月为弦，水土交融为琴，谢吹琴手中无琴，却将光阴与生命视为丝竹管弦，弹出了心中之音。

二人乍合又分。金刚鬼童被真音无相境的妙悟玄音猛地弹开，抛飞数丈，落地时已然直不起身子。谢吹琴被金刚鬼童双拳威猛巨力扫中胸前气海，背脊重重地撞在巨树树身，树干摇晃不止，谢吹琴连喷三口鲜血，缓缓地坐倒在树前。

梅目儒听见了小楼外的动静，他甚至可以听出金刚鬼童变换如意之躯时骨节里细碎的撕裂声。失去双目这么多年，他的听觉已经被磨炼到可以听见一百步外一只田鼠钻进洞里的微响。木郁陶也许也可以做到，但木郁陶更多的是依赖自身的功力而非听觉本身。梅目儒的耳朵如今可以称得上是江湖第一灵耳，所以不管是金刚鬼童和谢吹琴的战斗，还是木小雨与聂尧水的交手，他都听得清清楚楚，然而他知道自己帮不上什么忙。自从十数年前被仇家打成重伤将死，后虽肉身恢复，但一身武功已被废得七七八八，再难有什么作为。

他在犹豫要不要去喊木郁陶。木郁陶这几日晚境颓唐，也不知道能不能再出手了。他想了想，还是做了决定，正要往木郁陶的房间走去，却停了下来，缓缓说道："你都听见了。"

木郁陶一身高冠古衣，面容肃穆，正站在梅目儒的身后。他沉声说道："听见了。目儒，你哪都别去，就在这楼里静坐。既然谢吹琴和聂尧水都来了，那么周梦朝也会来找我了。"

梅目儒问道："你身体如何？"

木郁陶说道："回光返照，已是最后一次了。与周梦朝这一场较量，也许就是我此生的谢幕之战了。"

梅目儒心中恻然，沉默半晌，说道："郁陶先走一步，目儒自感不久后就会去黄泉之下寻郁陶去。"

木郁陶拍拍他肩膀，说道："我们做兄弟这么多年，我没求过你。今日我就求你为我儿小雨再卜最后一卦吧。"

梅目儒叹道："应当的。我今日这一卦，想必也是此生最后一次占卜了吧。"

二人正在神伤，忽然从小楼的门外走进来两个人。当先一人须发皆白，后面一人身背长刀。两人不急不慢地走进来，站在木郁陶身前三丈处。白发人环视小楼内四周，感慨唱叹："名闻天下的烟墩小筑里居然如此素朴，令人心生敬意。木郁陶毕竟是木郁陶，不是其它江湖暴徒可以比拟的。"

木郁陶淡淡说道："庐江王何须客气。当年我打进你琥珀宫大殿，也没觉得有什么恶俗之气。你我本是风雅同途之人，今生若不习武，想必一定会是把酒吟诗的文人墨客。"

进楼来的这二人，正是周梦朝和他的义子刘孤。

周梦朝哈哈一笑，说道："好一个文人墨客！文士相争不比武者，虽以笔诛心，总不损发肤，无关性命。而武者一战，非死即伤，已不是文人们可以得见的白骨血光了。当初我周梦朝四位好兄弟琴棋书画，哪一个不是书斋琴阁里的名仕？他们携艺入武，抛弃了书斋里的平安闲逸，与我一同以武证道，打下琥珀山庄不世基业，却被你木郁陶一手毁去。技不如人，本无话可说。邛棋与骆书被刘客幽当场格杀，那是他们作为一个武者必须提前做好的觉悟，可我却侥幸苟活。这十年来我每日心如刀绞，自觉害死了自己的手足，自己却不得死，苟活于世，又岂能将他们之死以'武者觉悟'

四字令己心安？"

他双目中燃起了浓烈的怒意与战意，盯着木郁陶，低沉的嗓音里有滚烫的恨："木郁陶！今日我也要让你感受到与我同样的痛苦，让你失去亲子，失去手足，失去身边所有最亲近的人！让你追悔自己为何会落得如此下场，让你后悔做了一名武者，而不是你口中的文人墨客！"

木郁陶淡淡说道："我还以为庐江王此次前来，是要与我一叙当年琥珀宫的旧情。十年未见，怎么还这么大怨恨？"

周梦朝冷笑道："我与你有何旧情可叙？倒是有不少旧恨要在今日了结了！刘孤！"

他身后忽有一人影飞起，半空抽刀，刀气划过小楼顶梁，整个烟墩小筑仿佛都抖了一抖。长刀凌空下击，势如惊鸟，刀影晃动，好似由十刀化为五刀，又从五刀减为两刀，斩入木郁陶身前一寸处时，已是子然一刀，孤影寡形。

刘孤，寡刀。

数日前他得周梦朝点拨，深入寡刀心法之精髓，坚定独一无二之决心，近日来竟已有了不小的精进。周梦朝看向他的目光里有些许惊叹，也有着一些莫可名状的情绪。

十刀化一，刘孤这一刀已倾尽自身对刀道不二的执着与妙悟，正如一代帝王在深宫之中睥睨天下，悄悄吐出胸中真意：

寡人寂寞。

这好比寂寞寡人的一刀，也令木郁陶神色一动，由衷赞道："好刀！"

刘孤一刀斩入木郁陶身体，如入云中。他心中一凛，眼前木郁陶的身体竟倏然消散。耳边有微风拂过，刘孤不转身，却一刀后斩，刀锋带过清风，依然未触到实物。

刘孤突原地旋转，手中长刀连挥，对着自己身周四方连续斩出八刀。木郁陶的身形在他的刀影下忽而凝聚，忽而消弭，八刀已过，木郁陶的右手已经搭在了刘孤的肩膀上。

"弃刀！"木郁陶大喝一声。

刘孤只觉右肩上一股沉重巨力灌下，手臂抖动，长刀再也拿捏不住，脱手飞出。

人影一闪，脱手飞出的长刀已被另一只手握住，这只手比刘孤的手更大、更稳、更决绝。周梦朝身影前趋，手中长刀递出，直斩木郁陶，还在刘孤耳边耳语了一句："今日让你见义父之刀。"

刘孤的眼神随周梦朝手中长刀挥出，一弹指后，刀势定住，刘孤只觉周遭一切都陷入了迟缓、静止、徘徊的洪流。他忽然不想再任光阴如此逝去，不想再精研寡刀刀术，不想再去想任何事情，因为一切事情在他心中已经变得茫然未知、不知所措。

茫茫二十年，所为何求？

刘孤的茫然其实只维持了短短的一个刹那，可他觉得自己已经在静止的由那柄长刀卷起的漩涡中彷徨了二十载岁月了。

木郁陶双手如烟如雾，左手烟拳，右手雾掌，拳掌皆出，与周梦朝手中长刀硬拼了一记。

刀意被云雾冲散，云烟为刀气割裂。二人交手一招，不分胜负。刘孤却赫然从恍惚中醒来，发现自己只是在顷刻之间做了一场长梦。

木郁陶激赞道："十年来老夫一直想再领教庐江王惘然刀法，今日得偿所望，死而无憾了。"

十余年前周梦朝凭借惘怅箭、惘然刀两门绝世武学横行中原，却身无兵器。他当年与木郁陶在琥珀宫中决战，亦是空手作刀，目力化箭，与木郁陶平分秋色，不遑多让。今日他一手执长刀，将惘然刀意借刀之兵形抒发，从手中无刀再返回到手中有刀，已是不执着于有无之分别了。

周梦朝一言不发，挥刀再上。刀所过之处空无一物，却恍若历尽了一重又一重的软红。层层叠叠的出世入世之迷情附着在当时惘然的刀身上，周梦朝借刀发问，向木郁陶递出了红尘之疑惑。

此情可待成追忆，只是当时已惘然。

小楼里木窗轰然破碎，桌椅被刀劲侵袭，早已化作木屑。楼外阳光透窗框而入，照射在一柄自身都已被惘然意囚禁于其中的长刀，刀光印出日光，日光如箭，射往这把长刀斩向的人。

木郁陶陡然身化云烟，迎刀而上。他云体风身本是身法步法中之翘楚，鲜少拿来做攻击之用。只是周梦朝一柄惘然长刀在手，一时间无对无敌，已将木郁陶身周所有空余全部锁定，除了正面迎击别无他法。

而云体风身转化为攻击时，便是木郁陶一直秘而不宣的云踢风腿。即便十年前他与周梦朝在琥珀山庄死战时，他也没有施展出来。

烟拳、雾掌。云踢、风腿！

木郁陶如烟如雾，似云似风，拳掌腿俱出，只见风烟大作，竟把惘然刀光掩盖了下去！

周梦朝收刀，后退。木郁陶攻势极盛，他亦要避一避锋芒。

退到刘孤身边时，周梦朝将手中刀扔给刘孤，木郁陶云踢已到。周梦朝出掌如刀，破去云踢，风腿又至，周梦朝左掌再出，又接下一腿，木郁陶烟拳雾掌亦双双袭来，无迹可寻。

周梦朝双目一鼓，目力化箭，眼到箭到，直直射入木郁陶双手云烟之中。二人皆浑身一震，各自退开。周梦朝后退时身体一晃，有些失去了重心。木郁陶岂会放过这一个微小的动作，心中一喜，趁这一时机蹿身而上，意欲将周梦朝在这一个刹那间击溃。

待周梦朝站稳身形时，木郁陶的拳头已经袭到了他的面前。

然而出乎所有人意料的是，木郁陶忽然全身一抖，"哇"地一声，吐出一大口鲜血，已经在周梦朝脸前的一拳软软垂下，再也没有了方才攻击时的声势。

他背后刀光一闪，一柄长刀斩下，入其背脊，血肉飞溅，木郁陶被这一刀之力斩入地下，其状极惨。

刘孤救周梦朝心切，在木郁陶背后这一刀蓄积了他所有的力量和愤恨，丝毫没有保留。

周梦朝仰天长笑道："木郁陶！今日你终于要死在我的面前了！然而今日杀你之人非我，而是你眼前这个年轻人。你决计猜不到，杀你的这个年轻人与你之间有着怎样的瓜葛。哈哈哈！今日无论是你还是刘客幽，都逃不过这天理循环的报应了！哈哈哈哈！"

木郁陶在刚才那一个刹那间病势忽起，浑身上下再也没有分毫力气，回光返照时间已过，他被刘孤长刀斩入时已和一个普通人无异，体内经脉脏腑被刀气破坏殆尽。他微微抬起头来，顶上高冠也碎裂掉下。

小楼东首窗框忽然破碎，两个手执画笔的人影撞了进来，正是木小雨和聂尧水。西首窗框亦在同时间爆开，一个身形魁梧的巨汉和一个宽袍大袖的中年人也飞奔了进来。

金刚鬼童和木小雨听见小楼里的声音，几乎在同一时间疾奔了回来。

然而木郁陶已经是个将死之人了。

周梦朝怒目环视，朗声笑道："木小雨，金刚鬼童，木郁陶已被琥珀山庄正法！你二人亦命不久矣！"

楼内忽笔意一展，一支画笔挥出，如同挥出了整个人世的绚烂与纷繁。以聂尧水浸淫画武道之深之久，亦未曾见过有人愿以手中孤笔描摹滚滚红尘中万千虚实。与这支画笔相比，闻名于世的《清明上河图》也不过是小巫见大巫罢了。

笔意如纷繁乱世，一画横空，掠过整幢小楼，眨眼间便来到了周梦朝的身前。

另一边，一个巨大的身影如幻千手千腿，状如疯癫，似是西方妖魔界出世的千头万臂之鬼神，往周梦朝直扑而来。

木小雨与金刚鬼童见木郁陶形状凄惨，悲愤难忍，一出手间已用了全力。

周梦朝动也未动。

聂尧水与谢吹琴出现在他身前。二人一笔一音，联手施为，硬撼木小雨与金刚鬼童。

笔意与音劲之间，有一柄长刀出没。刘孤寡刀送出，亦和他们接上了手。

木小雨与金刚鬼童一开始势头极猛，压制住聂尧水与谢吹琴，刘孤虽也参战，但仍然占不了上风。只是强势不能持久，片刻之后，金刚鬼童维持不住金刚如意躯，又变回垂髫童子的体型，威力大减。木小雨与聂尧水殊死一战，使出六识寂灭的笔法也不能获胜，体力不支，也无力再继续连绵不断的笔势。

谢吹琴手拍发髻、脚踏七星，无相真音在举手投足间如暗流涌动，使得木小雨和金刚鬼童疲于应付。聂尧水画笔点地，笔锋如利斧雕凿，楼内被笔劲划过之处如被巨斧切砍。他这一手运劲于笔如斧凿的本事，即便是黄河入海流也只能叹为观止。

聂尧水笔作"鬼斧"，已到了较力搏命的程度。

十二柄刀之虚影化为两刀，刀刀斩入二人不得不防之破绽。每一刀都使得金刚鬼童和木小雨二人捉襟见肘、险象环生。

如果仅仅只有刀，还不至于如此。可刘孤寡刀穿梭在音劲与笔意之间，与二者配合得天衣无缝，令木小雨与金刚鬼童二人头痛不已。

就在此时，周梦朝突然出手了。

他瞪了金刚鬼童一眼。

金刚鬼童觉得胸口一热，竟像中了一箭，他矮小的身躯被这一箭之力穿透，斜斜地飘飞出去，落地时口中狂喷鲜血。

周梦朝对着木小雨挥了挥手。

木小雨手中"生花"笔如被无形巨力击中，精钢笔身赫然出现一道刀痕。木小雨掌握不住画笔，画笔掉落在地。谢吹琴手指轻弹，聂尧水笔走龙蛇，木小雨凌空向后翻身，落地时已经无法再站立。

周梦朝笑道：“好！好！好！今日木郁陶、木小雨皆要命丧于此，我琥珀山庄的仇终于得以血偿了！刘孤！”

刘孤应道：“义父。”

周梦朝道：“去砍下木郁陶的首级，我要把他的头挂在这烟墩小筑的檐下。”

刘孤回道：“是。”

金刚鬼童一边咯血，一边厉声喝道：“来砍我的头，别碰我家主人！”

周梦朝冷笑道：“你别急，下一个就轮到你。”

他突然感到一阵寒意，随即明白这股寒意来自于不远处跌坐在地的木小雨。木小雨很明显已经失去再战之力，可他的眼睛死死地盯着周梦朝，如果他的眼神可以杀人，可能早就将周梦朝大卸八块了。那双眼睛里没有泪水、没有悲伤，却有着浓烈的杀意和怒火。

周梦朝见过数不尽的这样的眼神。琥珀山庄如日中天的时候，在他手下死去的武林名宿和各路高手在死前都会以这样的眼神看着他，可他从未感觉过畏惧。而此时此刻，木小雨的眼神让他感到心悸。是自己老了么？周梦朝在心里默默地问自己。

此次行动之前，木小雨并不是他的顾忌对象。周梦朝一直忌惮的是刘客幽、木双声，包括木郁陶本人。木小雨虽与木双声齐名，并称“木氏双杰”，可琥珀一战时并未参战，在云游府邸里与谢吹琴和刘孤交过手，谢吹琴对他也并未特别提及，所以周梦朝一直没有太把木小雨放在心上。聂尧水回归，周梦朝就有了对付木小雨的人选，所以他的注意力还是放在木双声身上更多些。

“韵无穷”一行，周梦朝看出木双声武道中的瓶颈之意，故没有亲自出手，而只是抛出《阿毗达摩俱舍论》引诱木双声自入空境。他知木双声是武道奇才，且沉迷于武道探索，在瓶颈期绝难抵挡突破的诱惑。周梦朝感同身受，他自己在数年前也一直在武道上止步不前，偶遇《阿毗达摩俱舍论》，心痒难搔，欲一试究竟，可最终还是被生存本能所阻，没有将此想法付诸行动。但他觉得木双声也许会抛弃现世，一探深浅。

果然木双声一直没有出现，想来是去体验空无了。今日一战，己方大胜，对手三人全部失去战力，可木小雨看着周梦朝的眼神，竟令周梦朝有些畏惧。此子不除，也许就是下一个木双声。周梦朝心里暗自如此思忖。

"动手！"周梦朝对刘孤大喝一声。

刘孤长刀出手，在空中划过一道优美的弧度，斩落在木郁陶的首级处。

木小雨眼前一花，只看见一颗人头滚了出去，接着是旗花火箭一般的鲜血喷了出来。

他……他死了。

木小雨此时心里浮现出来的第一个念头不是悲愤，不是遗憾，而是木郁陶死了这个事实。他知道他会死，就算没人来杀他，他也很快就要死了，他已病入膏肓，回天乏术。

然而那时他还活着，人还活着，即便很快就会死去，但死总像是一个不切实际的东西，因为它还没有出现，没有出现的东西，也有可能不会出现。

但是他死了。他不是死于疾病、衰老、自刎、心衰，他死在了刀下。一个叫刘孤的人，一柄比他还要孤独的寡刀。

刘孤，寡刀，宣判了木郁陶的死，他用他的刀将一个在木小雨心中有可能不会来的东西化作了亲眼所见的事实。

木小雨没有哭喊，没有怒喝，实际上他什么都没有做，他甚至都没有力气去继续盯着周梦朝。他只觉得很疲倦，很沮丧，很失落，他只想变成众人之中的一株花草，静静地长在某个角落里，不再被关注、被打扰。

就在他失去了所有斗志和怒气的时候，另外一边的金刚鬼童却动了。

他的身躯幼小如孩童，他的拳头已经捏不紧，可他还是奋起自己身体里最后一丝力气，朝着木郁陶的尸体冲了过去。

刘孤闪身，避过他的来势，可金刚鬼童眼中却仿佛根本没有他，只是扑在木郁陶的尸首前，痛哭不止。

刀光又起，如落霞，如晚樱。哭声戛然而止，一颗垂髫童子的小小头颅冲天飞起，脖颈里喷出的鲜血散射了一地。

金刚鬼童矮小的身躯软倒在木郁陶的身体旁，像两个无头的入睡者。

梅目儒颤巍巍地唤着："小雨！小雨！"

自战斗开始到现在，梅目儒一直站在小楼一角，没有移动过半分。

木小雨没有听见梅目儒在喊他，他已经沉入自己的思绪里太深、太深。

刘孤脚步一跨，已经走到木小雨身后。他连斩两颗头颅，浑身已经弥漫着杀意。下一刀飞起的，想必应该就是木小雨的头颅了。

忽然，从小楼的门外走进来一个背着书箱的童子，他的身后跟着一个白衣文士。书童边走边说："先生，先生，就是这里了，我从外面看到了好多好多的死相。"

周梦朝、聂尧水、谢吹琴顺着声音的方向转头望去，几乎在同一个刹那俱面色大变！

如临大敌！

白衣文士拍了拍小书童的头，对小书童说道："你就待在这里，莫再往前走了。"

话音未落，众人眼中突然失去了白衣文士的身形。长长的楼内走道上只见白色的影子一闪，瞬间就欺到了谢吹琴和聂尧水身前。

梅目儒听见白衣文士的声音，居然喜极而泣，大声喊道："是客幽！是客幽！客幽居然回来了！"

谢吹琴忽然伸出左臂。他竟以自己左臂为琴，臂上经脉血肉为弦，右手一拂，只听见左臂骨骼"噼里啪啦"地碎裂声。谢吹琴恍若未觉，人随琴音升起，跃在半空，五指虚弹，张开口唇，对着空中已经激扬弥漫的无声无相、血肉真音一吹，小楼一层的屋顶猛地掀起，他正面的地砖全部碎裂，一股听不见看不见的音波暗劲翻滚着、扭曲着、跳跃着朝着刘客幽就撞了过去！

聂尧水几乎在谢吹琴出招的同时将画笔饱蘸地上鲜血，在小楼大厅的地砖上寥寥数笔画出龙形。血龙活灵活现，却没有双眼，无法传神。聂尧水在刹那间大喝一声，双目出血，血激射出来，落在地上血龙的双瞳之间。顿时满室龙吟，一条血龙破土而出，张牙舞爪，不可一世，也朝着刘客幽就这么冲了过去！

谢吹琴与聂尧水在刘客幽面前再无任何藏私保留，一出手就是自己数十年来武道心得体会的巅峰之作。谢吹琴以臂作琴，以口吹音，使出了自己名讳中"吹琴"二字的由来之作：断臂吹琴，虚空碎尽！

聂尧水则师法画道祖师张僧繇，画龙点睛，以鲜血描摹龙形，以自己双目之血点亮龙眼，这已是自古以来画武道中的极诣了。

二人全力施为，只为了能将刘客幽阻拦在周梦朝一丈之外。

一只砚台从小书童的手中飞起，砚中墨汁自行射出，刘客幽左手一招，徽墨成剑，纳于左手手掌之内。他右手一伸，大袖里飞出一卷宣纸。刘客幽右手执住纸卷，迎风一抖，纸卷展开，宛若长刀。

墨剑纸刀，这是刘客幽十年前便已名震武林的绝艺。琥珀一战中，棋手与书生也是死在这两大绝学之下。

墨剑吞吐，刺入谢吹琴席卷而来的碎虚空之音劲内。就连周梦朝都没有看清楚墨剑的痕迹，只见众人眼前的虚空仿佛收缩了一下，随即扩张开来。谢吹琴人在半空，如被仙佛天降惩戒，猛地抛飞出去，口中鲜血狂喷。

纸刀舒卷如云，斩入点睛血龙身。血龙轰然破碎，聂尧水手中名笔"点睛"铿锵折断，精钢笔身竟脆弱如茅草一般。纸刀扫过聂尧水身前，聂尧水如中重击，双目又激射鲜血，委顿在地，不得复起。

周梦朝双目如箭，双掌立刀，惆怅惘然并行，对着刘客幽猛下杀手。刘客幽左右手张开，墨剑消散，纸刀归袖，却不知什么时候右手里又多了一支湖笔。

他一笔在手，遥遥点出，惆怅目箭破碎，惘然掌刀低迷，周梦朝身躯巨震，后退三步，一时间竟不知道该如何再进攻得好。

他有些不相信地说道："常将军明明已经下令封锁了南陵与应天府之间的书信来往，你又是如何得知的？"

刘客幽缓缓说道："我并不知。只是徐大将军很快就将领兵北伐，此去不知何时才能归来，我此次回来，是特意为了见一见我的家人。"

他看向木郁陶和金刚鬼童的尸体，眼睛里有不易察觉的悲痛，问道："是谁杀了他们？"

周梦朝没说话，刘孤却挺刀而出，跃到了刘客幽的跟前，说道："是我杀的。"

刘客幽看着刘孤，淡淡地说道："你是谁？"

周梦朝此时却仰天大笑，一副心满意足的样子。他笑声一歇，对着刘客幽喝道："刘客幽！你真是不知道他是谁，哈哈哈，你确实是不知道！你若知道，恐怕此时也不能如此淡然！刘孤！"

刘孤应道："义父。"

周梦朝说道："快快告诉我们刘客幽先生，你究竟是谁。"

刘孤看着刘客幽的眼睛，毫无感情地说道："我是刘孤，齐氏之子。"

刘客幽神色一动，问道："哪个齐氏？"

刘孤冷笑道："工山镇万安村老齐家次女齐氏，曾与村中一个秀才定亲，怀了秀才的骨肉。可那个秀才抛弃了齐氏，去安庆府木家做了书房笔录，后来还听说他弃文从武，得到了徐达的赏识，在应天府里又重新娶妻生子，没再找过齐氏，也不知道齐氏生了一个儿子。"

刘客幽默然半晌，忽轻声问道："齐氏现在如何了？"

刘孤冷冷回道："我娘早就在老家自缢而死，临死前把我托付给义父，我才能

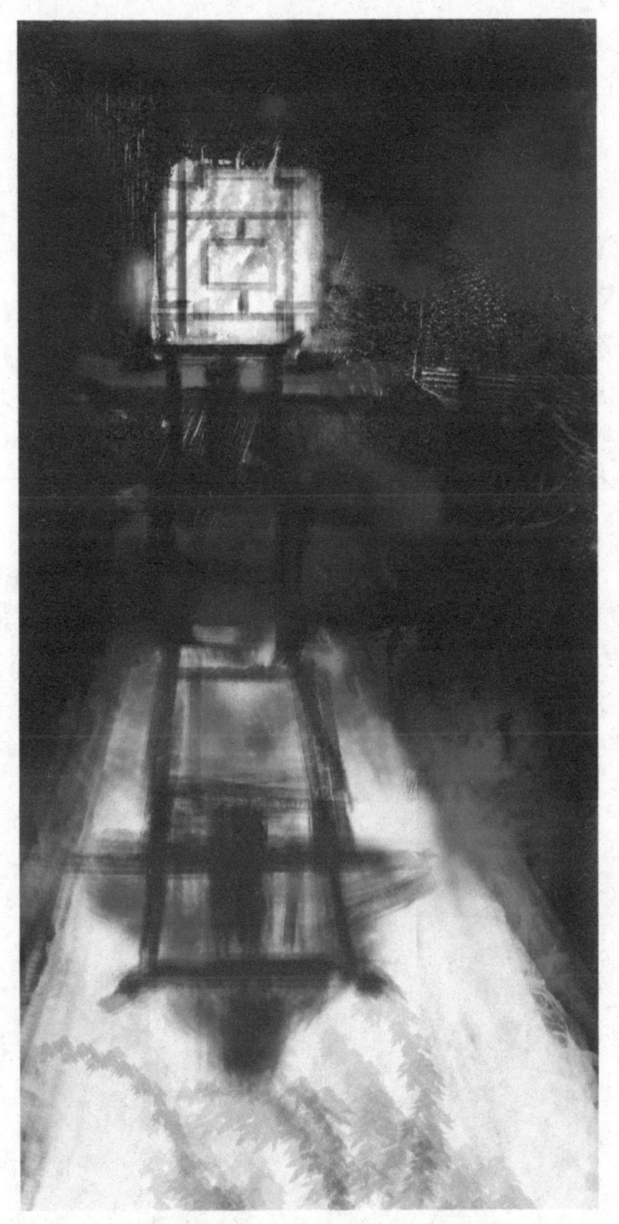

有今天的这一番成就艺业。倒是不知那秀才，他现在又如何了？"

刘客幽长叹一声，说道："你可知周梦朝寻到你，其实只是为了报我当年手刃他兄弟手足之仇？"

刘孤回道："我被义父抚养成人，若没有义父，我刘孤很可能也与我娘一起在老家饿死了。娘把我托付给义父，她走得很安心，她死前唯一牵挂的，可能就是那个负心薄幸的秀才了。我恨那个秀才，虽然他是我的父亲。就算义父不找他的麻烦，我也想亲手杀了他，以告慰娘在天之灵。刘客幽，义父与你有仇，我与你更加有仇！我恨不得用我手中长刀剖开你的心，看看你的心里究竟长了些什么，居然会如此狠心，贪恋功名虚荣，抛弃发妻与亲儿！"

刘客幽静静地看着刘孤，眼睛里没有半分愤怒与哀怨，只有淡淡的悔恨与怜爱。他轻声对刘孤说道："刘孤，孤儿，这名字也是周梦朝为你起的么？"

"不！"刘孤红了双眼，手中寡刀立起，对着刘客幽，怒吼道，"这名字是娘给我起的！娘才是那个最孤独的人！"

刘客幽仰天长叹，眼角一行清泪缓缓流下。此时，一直没有出声的梅目儒忽然开口说道："客幽，你不能杀他！"

刘客幽喟叹道："木郁陶待我如子，这么多年来悉心栽培启发，我虽不姓木，可心中早已把自己当作了木家人。我幼年丧父，少时丧母，一直孤苦无依，心中早就把木郁陶当作了父亲。如今，心中之父被我自己亲儿杀死，我若不杀了他，恐怕余生都会活在心结之中。"

梅目儒说道："可你杀了他，依然会有心结。而且此心结再难解开，终会使道心受损，武道之途非但再不能寸进，反而会大幅倒退。我刚刚卜了一卦，隐约看见有一柄通体漆黑的魔刀被一双大手握住，将你斩杀在刀下。杀你之人满头白发，面貌却不清晰。只因你那时功力已不及而今一半，所以才会败在他的刀下。今日之事，也许还有另外的解决办法。"

　　"没有了。"刘客幽黯然说道："我一定会亲手杀了他，否则我的道心会被双重心结共同打压，再无回圜余地了。"

　　突然周梦朝从刘客幽身后发动突袭，刘孤长刀挥起，亦配合周梦朝的时机出手。二人一前一后成夹角之势，将刘客幽身前身后的退路全部封死。

　　蓦然间室内笔墨纸砚四器跃起，荡开周梦朝与刘孤的攻击。刘客幽宽袍大袖，行走在这文道四器之中，宛如在书房中行文。他淡淡地说道："我以文入武道，浸淫多年，如今已四器合一，文武不分。今日就用我刘客幽的极诣来为我儿送行。"

　　他身后一口端砚如井，墨汁如水般涌出。刘客幽湖笔在手，饱蘸浓墨，笔锋扫上宣纸，开始在纸上写字。

　　周梦朝与刘孤想动，却发现丝毫无法动弹，自己的身体却随着刘客幽的笔势开始动了起来。

　　读书破万卷，下笔如有神。刘客幽四器合一，以字定生死，这已是等闲武林中人不可想象的武道至境了。

　　他大笔挥毫，在宣纸上写下了一个"死"字。

　　周梦朝双目化箭，想攻击刘客幽，却无奈低下头来，射穿了自己的腿骨。他右手掌缘如刀，拼死斩出，却也是手起刀落，断掉了自己的左臂。一撇一捺之间，周梦朝已经用自己的武功击败了自己！

　　"死"字顶上一笔上冠横带，刘孤手中长刀不听使唤，横在自己的咽喉前，刀光一闪，刘孤人头飞起，颈项里鲜血激射。他斩自己的人头和斩别人的一样那么不遗余力！

　　刘客幽"死"字写完，周梦朝与刘孤一伤一死，已是不能再战了。谢吹琴与聂尧水目睹整场，睚眦欲裂，却也是行动不能。

　　刘客幽走到木小雨身前，看着还迷迷糊糊的木小雨，说道："你云游画宗里出事了，死了三个人。该走的也走了，你处理完这里的事，也该回去看看。"

木小雨闻言一惊，回过神来，问道："谁死了？"

刘客幽没有回答他，只是摇摇头，走到梅目儒身前，说："盲叔，你何去何从？"

梅目儒微笑说道："客幽莫操心，我一会儿就要随郁陶和鬼童去了。"他最后一卦占卜耗尽了寿元与精气，此时已是油尽灯枯，不久人世了。

刘客幽默然片刻，叹道："盲叔走好。"

他走到失血过多已奄奄一息的周梦朝身前，说道："今日死的人已经够多了，我不想再杀人了。你们走吧，把刘孤的尸首也带走，找个地方葬了吧。你养育了他这么多年，与他有父子之实，就为他做这最后一件事吧。"

聂尧水挣扎着站起来，走过去扶起周梦朝。谢吹琴蹒跚几步，抱起刘孤的身体与头颅。他们走出去的时候，留下了一地的血迹。

刘客幽带着小书童走出烟墩小筑，还没走几步，他突然停下脚步，对着眼前的密林朗声说道："原来左丘兄也来了。"

只见从密林间走出来一个黑衣男子，微微笑道："刘兄委实好耳力，什么都瞒不过你。"

刘客幽淡淡说道："左丘兄此次前来，怕不是为了来这神女峰观景游玩的吧。"

黑衣男子笑道："刘客幽在徐将军北伐出征之前离开应天府可是一件大事，我怎能不跟来看看。"

刘客幽说道："你门下紫衣挟刀斧也来了，还杀了我义弟门下三名手足，你我之间的恩怨也是越积越多了。"

原来黑衣男子正是名震江湖、独步应天府的势力——飞鸿会之会主，左丘飞鸿。

左丘飞鸿说道："那都是年轻人之间的纠纷，可与你我无关。我对刘兄的仰慕日月可昭，刘兄当是知道的。"

刘客幽笑道："你我这么多年来未分胜负，今日我道心受损，落单在此，是你出手的好机会。过了今日你想杀我，恐怕就未必那么容易了。"

左丘飞鸿断然说道："我决计不是来杀刘兄的。"

刘客幽微微一怔，疑道："为何？"

左丘飞鸿笑道："有了徐将军，才有了李善长。有了刘兄为首的徐达武者幕僚团，才有我飞鸿会今日在应天府的声势。这世间一切，都是相生相克、相辅相成的。阴不离阳，阳不离阴。若刘兄不在了，我左丘飞鸿也就不再那么重要了。"

"所以刘兄，"左丘飞鸿笑道："你绝对不可以死。"

梅目儒所言不虚，果然在所有人离开之后三炷香内便溘然长逝。临终前他在痛哭不已的木小雨耳边轻轻低语了一阵，似是交代了些什么。木小雨哭泣良久，还是将三人的尸体在小楼后掩埋安葬。他看着被破坏得摇摇欲倒的烟墩小筑，想起了几日前还与金刚鬼童、梅目儒坐在楼下的桌椅间饮酒，不觉恍如隔世。

他收拾了自己的衣物，毅然离开了这已名存实亡的烟墩小筑。一路疾奔，他取道"韵无穷"，不到一个时辰便见到了木双声府里满脸惊讶的小童子温文。

"小雨少爷！主人不见了！"

"怎么不见了？"

"我也不知道！我一直在他房里守着他，中途困了打了一会儿瞌睡，然后…然后，主人就不见了！"

"可有留下什么字迹？"

温文从兜里掏出来一张纸条，木小雨接过去打开一看，只见纸条上的字空灵曼妙、气质非凡，确实是木双声的手笔：

无空之空

木双声醒来了么？他是如何脱离六识寂灭之境的？他真的曾去到了连"空"都没有的空境了么？他现在又去了哪里？

　　木小雨在心中挂念木双声，捏住这张字条不觉有些怔住了。温文拉了拉他的袖子，小心翼翼地问道："小雨少爷，你可能带我走么？"

　　木小雨微觉诧异，问道："你不留在这里了么？"

　　温文说道："主人已经不在了，也不知道他去了哪里，还回不回来。温文待在这里没意思，想和小雨少爷一起行走江湖，说不定哪天机缘巧合，还能遇到重新出现的主人。"

　　木小雨沉吟片刻，说道："好！你收拾收拾，现在就随我走吧。"

　　二人离开"韵无穷"的时候，另一个小童子尔雅站在门口目送了他们。

　　木小雨回到云游府，卢曾嫫、刀二、商三、道四、毒五、黑六已经全都不在了，只剩下一个哭红了双眼、尚不能平复情绪的黄七。

　　他把紫衣挟刀斧袭击的事情告诉了木小雨。道四在目睹刀二、毒五、黑六被杀后心灰意冷，离开这里，去寻一个真正的道观作化外修行去了。

　　商三是个生意人，觉得这里的生活太危险，也离开了这里。

　　卢曾嫫去应天府了。她说要去找飞鸿会白日依山尽比一比剑，顺便还要登门拜访一下紫衣挟刀斧。她托黄七告诉木小雨，假以时日，自己还是会回来与他一决胜负，要木小雨好好活着。

　　木小雨听完黄七所说，问黄七为何他不走？他之前不是一直吵着要退出江湖的么？黄七说他无处可去，还不如在这里守着六哥、五哥、二哥的冤魂，心里踏实一些。

　　木小雨把温文交给黄七照顾。黄七果然如他之前所说，对温文关怀备至，体贴有加。因为云游画宗之前已有七人，人虽死得死，走得走，但排位却保留不变，黄七仍是黄七，而温文就按照顺位，成了温八。

　　温八不善武学，却受木双声影响，对文道极有兴趣。后来数年勤学苦读，终与刘客幽一样，成了一名秀才。他不考功名，不出著作，不赋诗作曲，却热衷于将自己所见所闻的江湖事录于纸上，留待后人垂询。木小雨见他精擅此道，也不逼他，便任由他成了一名精研、记载江湖史的文人。

江湖十年一晃而过。温八也从曾经的垂髫童子长成了年届弱冠的青年人。十年间江湖中风起云涌，局势动荡。徐达北伐一战功成，明朝定都应天府。而刘客幽却在徐达功成返回后死于一代魔刀岂子道手下。天理循环，报应不爽。刘客幽因道心颓退，功力大减而死；左丘飞鸿也因刘客幽身死后，不再具有针锋相对之功而被雪藏。

木小雨与卢曾嬷之后再未相见。武林中后来只有一个令所有剑客闻名丧胆的"我剑尤怜"，她日后与白日依山尽、诗剑艮阿、昔梦神剑齐名，纵横江湖数十载。

黄七死得很早，他死之前还为温八做好了最后一顿午饭。然后他就歪在院子里的墙角边沉沉睡去，再也没有醒来。温八把他安葬在黑六的坟旁，黑六的坟上居然开出了一株迷人的红色夹竹桃。

数十年匆匆而过，温八也成了一个垂暮的老人。他一生都未再见到曾经的主人木双声，也未再回过那个已经结满蛛网的"韵无穷"。

一时多少豪杰，尽皆入归黄土。温八独自坐在云游府里的屋内，在昏黄的烛火下，写完了自己以毕生的时间记载的江湖史录上的最后一个字。他已无力再合上书卷，亦无力熄灭烛火。他觉得满足，也觉得疲倦，他慢慢地合上眼睛，他知道自己将要有一个梦，一个永远也不会醒来的梦。

虚空中忽然探下来一只手。这只手仿佛捏住了光阴与空间的韵脚，又似勘破了虚无与空冥的奥妙。这只手就这么百般怜爱地垂下来，轻轻地抚上了温八那早已花白的头发。